Sören Olsson und Anders Jacobsson, Cousins, Jahrgang 1964 und 1963, haben eine Lehrerausbildung absolviert, bevor sie 1983 anfingen, sich auf andere Art und Weise mit Kindern und Kinderkultur zu befassen. Ihre Geschichten über den tagebuchsüchtigen Bert führen inzwischen die schwedischen Bestsellerlisten an. Bekannt geworden sind die schreibenden Cousins aber auch durch eine Rundfunk- und Fernsehserie über den Alltag des Mädchenfans Svante (in Buchform ebenfalls bei Oetinger) und als Popmusiker durch ihren Hit »Hej, hej, hemskt mycket hej«, für den sie eine Goldene Schallplatte bekamen.

Sören Olsson · Anders Jacobsson

Berts Megakatastrophen

Deutsch von Birgitta Kicherer

Zeichnungen von Sonja Härdin

Verlag Friedrich Oetinger · Hamburg

Berts Katastrophen-Bücher auf einen Blick:

Berts gesammelte Katastrophen
Berts intime Katastrophen
Berts romantische Katastrophen
Berts Herzenskatastrophen
Berts hemmungslose Katastrophen
Berts heimliche Katastrophen
Berts Megakatastrophen

Nach den Regeln der neuen Rechtschreibung gesetzt

Die schwedische Originalausgabe erschien
bei Rabén & Sjögren Bokförlag, Stockholm,
unter dem Titel »Berts bekymmer«
Deutsch von Birgitta Kicherer
Einband und Illustrationen von Sonja Härdin
Gesamtherstellung: Clausen & Bosse, Leck
Printed in Germany 1997/II

ISBN 3-7891-4405-3

Ein neuer Start

Ein reifer Mann schreibt reife Worte auf ein überreifes Blatt Papier. Ich geh jetzt in die Neunte. Nächste Woche werde ich mir einen Stock als Gehhilfe zulegen müssen. Danach einen Gehwagen, eine Woche später einen Rollstuhl, und in der folgenden Woche lege ich mich zum Sterben auf eine Bahre. Bin inzwischen der Rekordgrufti der ganzen Schule.
Die großkotzigen Angeber aus der Neunten können mich nie mehr ärgern, weil ich nämlich jetzt selbst ein großkotziger Angeber aus der Neunten bin, der das Kleingemüse ärgert.
Hab heute gleich damit angefangen und Erik ein bisschen geärgert. Hab ihn gelobt, weil er so knusprig braun gebratene Ohren hat. Seine Lauscher erinnern stark an das Schulessen von heute: braune Bohnen mit Speck.
Erik erklärte, er hätte in diesem Sommer ein einziges Mal vergessen, seinen Sonnenhut aufzusetzen, und zwar als er kurz mal den Schatten seines Donald-Duck-Sonnenschirms verließ, um sich am Kiosk ein Wassereis zu kaufen. Wassereis ist das einzige Eis, von dem Erik keinen Dünnpfiff kriegt. Es besteht aus gefärbtem Wasser und Einwickelpapier. Wenn Erik aus Versehen eine andere Sorte Eis isst, muss er tagelang auf dem Klo hocken.

Hab mich gefreut meine geistig minderbemittelten Klassenkameraden wieder zu sehen. Das heißt alle bis auf Björna, Benny, Arne, Emilia, Lisa, Rut und noch ein paar andere. Über die hab ich mich nicht besonders gefreut.
Besonders unerfreulich war es, Björna wieder zu sehen. In den Sommerferien hat er achtzehn Kilo Muskeln zugenommen und die muss er in Form halten, wie er sagt. Um das zu demonstrieren, hat er mir gleich ein paarmal die Nase zerknautscht. Arne und die anderen haben mich mit meinem Säuferzinken aufgezogen. Sie waren überzeugt, dass ich mindestens acht Buddeln Apfelwein in mich reingekippt hätte.
In der Aula gab es für die Schüler der Klassen sieben bis neun gemeinsame Information. Mir war klar, dass ich den Babys aus der Siebten zeigen musste, was ein großer männlicher Neuntklässler ist.
Der Rektor sprach darüber, dass alle Schüler gemeinsam für Sauberkeit in der Schule sorgen sollten. Und weil ich den anderen imponieren wollte, brüllte ich los:
»Warum sollen wir die Arbeit der Putzfrauen machen?«
Eine Sekunde lang fühlte ich mich echt cool. Dann zeigte der Rektor auf mich.
»Mit dir habe ich nachher ein Wörtchen zu reden«, sagte er.
»Aber ich hab doch gar nichts getan«, sagte Arne beleidigt.
»Nein, du nicht, Arne. Dich werde ich mir früher oder später sowieso vorknöpfen müssen. Ich meine dich!«, sagte der Rektor und fixierte mich mit starrem Blick.

Ich wurde achtzehn Zentimeter kürzer und bekam eine glatte Haut. Meine Männlichkeit war dem Erik-Syndrom gewichen, das heißt allgemeine Kümmerlichkeit, Zwergenwuchs und Babyhaut. Ich tat aber trotzdem so, als würde mich die Terrorpropaganda des Rektors total unberührt lassen.

»Hahahaha!«, lachte ich. Aber es klang wie eine Alarmanlage mit schlechten Batterien.

Kein einziger Siebtklässler zeigte sich beeindruckt. Stattdessen mussten sie alle über mich wiehern, diese idiotischen Schnullis!

In der Siebten gibt es nur eine einzige Person, die kein Schnulli ist, und zwar handelt es sich um eine reife Frau mit einem wundervollen Körper und intelligenter Lebensart. Sie heißt Gabriella und im Frühjahr war sie meine geheime Geliebte. Sie war so geheim, dass sie nicht einmal selbst etwas davon wusste. Nur ich und du, liebes Tagebuch, teilen dieses Geheimnis. Ja, und Ove natürlich, mein Pflegesohn und Schildkröterich.

Ich habe vor, Ove radioaktives Schildkrötenfutter zu geben, das ihn zu einem mutierten Ninjakämpfer macht, der mit Karateschwertern um sich haut. Dann kann ich Ove zum Schauspieler abrichten und mich dumm und dusslig an ihm verdienen, weil er in allen Hollywoodfilmen *hero turtle* spielen darf. Ich selbst werde Oves Manager, hocke in meinem Büro, rauche dicke Zigarren und feixe über die vielen fetten Verträge vor mich hin. Aber mit meinem üblichen Pech wird Ove kaum irgendwelche Heldenrollen kriegen. Bestimmt muss er einen eiförmigen Käfer spielen,

der sterbend am Strand herumliegt. Oder er kriegt die Rolle als Schredder.
Aber dann kündige ich meinen Job als Schildkrötenmanager.
Das Jahr in der Neunten wird bestimmt eine heiße Sache. Nicht nur, weil ich der Älteste bin, sondern weil Gabriella jetzt in die Siebte geht. Vielleicht sollte ich mich wieder für meine alte geheime Geliebte interessieren und sie zu meiner neuen geheimen Geliebten machen? Sie sieht echt umwerfend aus. Und jetzt ist sie ja kein kleines Kind mehr, das in die Sechste geht. Im Frühling war das unser großes Problem. Damals war ich ein reifer Achtklässler und sie eine kleinkindliche Sechstklässlerin. Das hat einfach nicht hingehauen. Jetzt dagegen bin ich ein erfahrener Neuntklässler und sie ist eine reife Siebtklässlerin. Diese Kombination wird bestimmt perfekt hinhauen. Oder was meinst du, Tagebuch?

Gedicht des Tages:
Die Schule geht los.
Mir geht es famos.
Bin so beliebt,
wie es keinen Zweiten gibt.

Ein weit zurückliegender Job

Jetzt werde ich ein Märchen erzählen. Es handelt von einem Jungen, der einen Job hatte. Und zwar im Sommer. Der Junge war ich. Nach drei Tagen haben sie mich gefeuert. Aber die Arbeit war trotzdem hochinteressant.
Ich stand irgendwo, wo ich ein Metalltablett aufheben musste, auf dem kleine runde Dinger lagen, die man in den Mund stecken kann. Dann ging ich vier Meter weiter und stellte mich dorthin, bis ein Typ kam und mir das Tablett abnahm. Dann ging ich vier Meter zurück und nahm ein anderes Metalltablett, auf dem kleine runde Dinger lagen, die man in den Mund stecken kann.
Dieser Ort war ein Gefängnis namens Keksfabrik. In der Keksfabrik gab es viele Phänomene.
Eines dieser Phänomene war Andreasson, der eine ganze Kaffeepause lang lachen konnte, ohne Luft zu holen. Ein weiteres Phänomen war ein Bulgare, der Prawtjakowowokow oder so ähnlich hieß. Er lebt seit 45 Jahren in Schweden und kann in perfektem Schwedisch »Verdammt und zugenäht noch mal, lass endlich den Kaffee rüberwachsen!« und »Das Lohnangebot können wir nicht akzeptieren« sagen, sonst aber nichts. Der Bulgare war der Gewerkschaftsvertreter der Fabrik und der Schrecken aller Verhandler. Jedes Mal, wenn sein Wortschatz nicht ausreichte, begann er bulgarisch zu reden, und dann verstanden die Bosse nur Bahnhof und akzeptierten schnell die höhere Lohnforderung.
Aber das größte Phänomen in der Keksfabrik war Libby.

Libby ist eine attraktive Dame reifen Alters. Ungefähr zwischen zwanzig und fünfzig. Bei den männlichen Mitarbeitern war sie die beliebteste Biene der ganzen Fabrik und bei den weiblichen Mitarbeitern die bestgehasste. Ein paar Typen waren ganz schön fies und kniffen Libby in den Hintern, wenn sie vorbeiging. Als ich das zum ersten Mal sah, regte ich mich so sehr darüber auf, dass ich sofort einen Leserbrief über sexuelle Belästigung am Arbeitsplatz entwarf, den ich an sämtliche Zeitungen schicken wollte.

Als ich gerade den Satz schrieb »Die Frauen werden durch die fleischlichen Gelüste der Männer gestresst und gezwungen, gegen ihren Willen als Sexobjekt herzuhalten«, sah ich Libby wieder an den Typen vorbeigehen. Es sah aber nicht so aus, als würde sie dazu gezwungen. Ihr Blick hatte etwas Erwartungsvolles. Aber die Typen kümmerten sich gar nicht um Libby, sie kam ungeschoren an der Stelle vorbei, wo ihr sonst in den Hintern gekniffen wurde. Ich freute mich für Libby. Aber Libby freute sich nicht. Sie drehte sich um und warf den Typen einen enttäuschten Blick zu.

Vier Minuten später ging Libby schon wieder an den Typen vorbei und wackelte extra heftig mit den Pobacken. Es sah aus wie ein örtliches Erdbeben. Und diesmal wurde Libby gezwickt. Ich zerriss meinen Artikel und fand Libby gleich nicht mehr so toll. Sie hätte ruhig auch mal an mir vorbeigehen können.

Am nächsten Tag erzählte Andreasson lachend, dass man Libby den Eiffelturm nannte.

»Warum denn das?«, fragte ich erstaunt.

»Ist doch klar«, sagte Andreasson und lachte. »Alle

wissen, wie sie aussieht. Aber keiner hat sie bestiegen.«
Über diesen Witz lachte Andreasson 39 Minuten lang. Die halbe Zeit lachte ich mit. Dann ging mir die Puste aus. Als Andreasson fertig gelacht hatte, fragte ich:
»Der Eiffelturm – na und? Was hat der mit Libby zu tun?«
Da hörte Andreasson zum ersten Mal in seinem Leben auf zu lachen, schnaubte verärgert und ging davon.
Daraufhin entwarf ich einen Artikel über psychische Misshandlung am Arbeitsplatz. Anfangs wollte ich mich bei der Gewerkschaft beklagen. Aber ich weiß nicht, wie man psychische Misshandlung auf Bulgarisch ausspricht. Und in einem Lexikon konnte ich es auch nicht mehr nachschlagen, weil ich ja nach drei kümmerlichen Tagen gefeuert wurde.
Anschließend brach in der Keksfabrik ein Krieg aus und die meisten starben. Die Überlebenden feierten mit Champagner und starben an Alkoholvergiftung.

Ich glaube, ich bin wieder verliebt. In Gabriella ... schon wieder. Hoffentlich blamiere ich mich nicht ... schon wieder. Aber das tu ich ja sowieso immer. Am besten ich versuch sie zu vergessen. Seufz.

Gedicht des Tages:
Seufz und ach,
ich glaub, ich geh in den Bach
oder lieber in den Fluss
vor lauter Kummernuss.

Sexualverbrechen an minderjährigem Knaben

Ich bin echt froh, dass die Schule wieder angefangen hat, und zwar aus mehreren Gründen.

Grund 1: Man braucht seine Erzeuger nicht mehr so oft zu sehen. Vor allem nicht zum Frühstück. Morgens sieht Mama aus wie ein Airbag im Gesicht und Papa erinnert an ein schlechtes Death-Metal-Video, von einem besoffenen Kameramann gedreht. Kurz gesagt, zum Davonlaufen. Meine beiden Altvorderen sind den ganzen Sommer lang natürliche Schlankheitsmittel gewesen. Jedes Mal, wenn ich hungrig und lüstern am Frühstückstisch saß, bekam ich einen Schock und verlor den Appetit, wenn die beiden Untoten leblosen Schrittes in die Küche geschlurcht kamen.

Grund 2: Im Sommer hab ich mich intensiv dem Studium der Weiblichkeit gewidmet, und zwar in Form von Büchern, Zeitungen, Postern, Schlüssellochbeobachtung, Badestrandglubschen und gelegentlichem Knutschen. Mein Studium hatte nur ein einziges Ziel: Jetzt in der Neunten kann man Sachen machen, gewisse Sachen, die mit Weibern zu tun haben!
Kurz gesagt und kurz geschrieben, Tagebuch: Ich werde bimpern. Björna hat zwar im Frühjahr versprochen, dass das Bimpern gleich zu Beginn des neuen Schuljahres losgeht, also Anfang dieser Woche. Aber immer schön cool bleiben. Ich hab's nicht eilig. Nächste Woche reicht auch.

Grund 3: Gabriella geht jetzt in die Siebte. Ich gehe in die Neunte. Ein Verhältnis mit einer um zwei Jahre jüngeren Frau ist total normal. Well. Jetzt muss ich sie mir nur irgendwie unter den Nagel reißen.

Wenn man in die Schule geht, hat man Sportunterricht. Sportunterricht hat man, damit man nicht tagaus, tagein nur auf dem Podex hockt und Pommes frisst und so fett wird, dass die städtischen Busunternehmen breitere Sitze bauen müssen. Wenn die Busunternehmen ihre Fahrzeuge renovieren müssen, werden die Steuern erhöht und dann werden meine Eltern stinkesauer. Wenn meine Eltern wegen irgendwas stinkesauer werden, endet es jedes Mal damit, dass sie aufeinander stinkesauer werden. Und wenn meine Eltern stinkesauer aufeinander werden, tut mir die Seele weh. Wenn mir die Seele wehtut, vernachlässige ich die Schule. Wenn ich die Schule vernachlässige, trifft das auch den Unterricht. So beißt sich die Katze in den Schwanz. Ich lass den Sportunterricht sausen, werde fett und sorge mit meinem dicken Hintern dafür, dass meine Eltern mehr Steuern zahlen müssen. Und so weiter und so fort.
Also leg ich mich im Sport ordentlich ins Zeug. Das ist manchmal hart. Gestern war es sehr hart. Auf jeden Fall hinterher. Die Weiber hatten vergessen die Tür zu ihrem Umkleideraum zu schließen. Ich ging zufällig vorbei. Ich glaub, ich hab mindestens vier Wuschimuschis gezählt und sechs Paar Möpse. Dann kam Sanna heraus und fragte, ob ich was Besonderes suche. Ich wurde rot wie eine Tomate.

Da packte Sanna meine Turnhose, zog den Bund zu sich her, glubschte mein Karlchen an und rief:
»Huhu! Ist da jemand?«
Niemand war da. Mein Karlchen bekam einen Schock und ringelte sich wie ein beleidigtes Gummiband zusammen.
Ich floh zu den Jungs, während die gesamte Weiberschar in den Flur kam und sich totlachte.
Ich hasse die Weiber. Die haben echt kein Recht, meine intimen Körperteile anzuglotzen.

Gedicht des Tages:
Kuck nicht auf die Euter
– sonst gibt's Gemeuter.

Eine einfache Hausaufgabe

Heute war meine Hausaufgabe babyleicht. Auf dem Papier standen nur zwei Fragen:

Frage 1: Was bedeutet EU?
Frage 2: Was bedeutet EU für Schweden?

Als Erstes musste ich mich dafür entscheiden, wovon EU die Abkürzung ist. Mein erster Verdacht fiel auf den Begriff *Einfach Unterentwickelt*, dann hätte die Hausaufgabe nämlich von Erik gehandelt, in verdeckten Worten, um die Anonymität des einzelnen schwedischen Bürgers zu wahren.

MÄDCHEN
UMKLEIDE-
RAUM

Arne behauptete, EU bedeute *Ängstliche Unbekleidete.* »Idiot«, sagte ich. »Ängstlich schreibt man doch mit ä.«
»Kein Wunder, dass die Unbekleideten dann ängstlich sind«, meinte Arne und testete sogleich eine neue Theorie:
»EU ist vielleicht die Abkürzung für *Ein Urk.*«
Das hielt ich auch für möglich.
EU = Ein Urk.
Dann mussten wir uns darauf einigen, was Ein Urk war. Meiner Meinung nach war unser Chemielehrer Bananen-Boris Ein Urk. Arne sagte, er habe zuverlässige Gerüchte gehört, wonach Ein Urk ein altes schwedisches Maß sei. Ein Urk sei so viel wie ein halber Meter. Demnach wären zwei Urk ein Meter. Ich bin drei Urke plus ein paar Klein-Urke groß. Als Arne und ich uns ausgerechnet hatten, dass hundert Meter Rückenschwimmen eigentlich zweihundert Urk Rückenschwimmen heißen müsste, teilte Mama uns mit, dass EU Europäische Union bedeutet.
Arne knallte total durch und drohte ihr mit der Faust.
»Bin doch nicht unterbelichtet und lern was über so einen Kack!«, schrie er.
Arne hasst Europa. Er hasst Europa, weil Europa alle Fiesitäten auf der Welt erfunden hat: Kolonien, Negersklaven, die Industrie und Englisch.
Arne hat in Englisch eine Sechs. Wenn er versucht sich in einer fremden Sprache auszudrücken, kriegt er Risse in den äußeren Hirnwindungen.
Mama sagte, es sei kindisch, Europa zu hassen. Schweden liege ja auch in Europa.

»Hasst du dein eigenes Land etwa auch?«
»Na, klar doch!«, sagte Arne. »Wenn ich die europäischen Städte in die Luft jage, fliegt Stockholm gleich mit!«
Das einzige Land, das Arne liebt, ist El Salvador. Isabella Riez aus der 9F kommt aus El Salvador. Wenn Arne an Isabella denkt, kriegt sein Pimmel eine Gänsehaut, behauptet er. Die ganze Welt müsste El Salvador sein, sagt er.
Als ich ihn fragte, was er damit meint, antwortete er nicht.

Gedicht des Tages:
Was bedeutet wohl ein Urk?
Ein Urk bedeutet nurk!
Der Arne ist ein Schlurk,
ich dagegen bin ein Megamurk!

PS. Gestern hab ich Oma getroffen. Sie hat mich angeniest. Igitt!

Ein herrlicher Tag in der freien Natur

Heute muss ich von einem herrlichen Tag in der freien Natur erzählen. Vorige Woche fuhren ich und meine Familie, Arne und seine Familie und Erik ohne Familie in den Wald, um Pilze und Beeren zu suchen und einen richtig erholsamen Tag in der Natur zu verbringen.

Es fing gleich viel versprechend an. Als wir im Wald ankamen, erklärte Erik, dass er eine schwere Tannennadelallergie hat und von Pilzen Bläschen an den Händen kriegt. Er durfte im Auto sitzen bleiben, Stereo hören und Comics lesen.
Ich wünschte von ganzem Herzen, dass mein Alter vor drei Jahren kein neues Auto gekauft hätte. Früher hatten wir nämlich einen scheußlichen alten Opel, der jedes Mal hupte, wenn man nach links abbog. Im Autoradio bekam man bloß das erste Programm herein. Ha ha ha. Erik, diese kleine Ratte, hätte ruhig im Wald sitzen und sich den Wetterbericht von Lappland und den Äußeren Hebriden anhören können. Ha ha ha.
Mein Herzenswunsch ging nicht in Erfüllung. Erik durfte in unserem fast neuen Opel sitzen, der nicht hupt, wenn man nach links abbiegt (dafür quietscht er, wenn man zu schnell bremst), und sich echt coolen Techno reinziehen.
Wir anderen gingen in den Wald und pflückten Beeren und Pilze. Ich fand 17 Beeren, 2 Pilze, eine gelbe Bierdose und eine halbe Zeitschrift mit ausgezogenen Miezen. Die Zeitschrift wurde sorgfältig studiert, bevor sie im Abfalleimer landete. Die Bierdose landete ohne vorhergehendes Studium im Abfalleimer.
Dann wurde Papa von 374 Geschossen getroffen. Mama pfefferte nämlich sämtliche Pilze auf ihn, die sie gefunden hatte. Papa hatte einen netten kleinen See gefunden, der zum gemütlichen Angeln einlud. Viel verlockender als Pilzepflücken, fand mein Alter und packte sein Angelzeug aus. Er hatte gleich Erfolg und fing zwei Barsche und eine Stichlingsmutation, bevor Mama den Drückeberger ent-

deckte. Sie rastete total aus und bombardierte Papa mit Pilzen. Dann ging eine heiße Diskussion los. Die Scheidung hing wie eine schwarze Wolke über dem dichten Wald. Ich, Arne und Doris setzten uns zu Erik ins Auto und drehten das Radio auf.

Draußen hockte Mama auf einem Baumstumpf, auf einem Baumstumpf ihr gegenüber hockte Papa, und zwischen ihnen hockten Arnes Vater und seine Freundin Hillevi und vermittelten. Zwei Stunden lang hockten sie so da und sprachen sich über ihre Probleme aus. Dann vertrugen sie sich wieder, Arnes Vater und Hillevi dagegen nicht. Sie waren sich in die Wolle geraten, weil er gesagt hatte, dass sie gesagt hatte, dass er etwas gesagt hatte, was er nicht gesagt hatte. Es brauchte anderthalb Stunden, bis diese knifflige Geschichte geklärt war. Inzwischen waren meine beiden Alten die Vermittler. Dann fuhren wir nach Hause.

Ich sag's ja. Ich glaub, ich will nie erwachsen werden. Da hat man nichts als Probleme.

Gedicht des Tages:
Hab viele Pilze heut gepflückt,
ich bin wahrscheinlich echt verrückt.
Jetzt koch ich mir 'ne Suppe kurz
und verrühre sie mit Eriks Furz.

Ein scheußlicher alter Lustmolch

Bin tanzen gewesen. Nicht in einer normalen Disco mit Umpa-Umpa-Musik und Drogen, sondern auf einem Schülerball mit Walzermusik und höflicher Konversation.
Im Turnunterricht mussten wir eine Woche lang Wiener Walzer üben, damit wir die Weiber auf dem Ball richtig herumschwenken konnten. Arne schnallte mal wieder null und tanzte mit Rut Tango im Walzertakt. Rut war so frustriert, dass sie Arne ins Augenlid biss. Erik mit seinem üblichen Pech blieb übrig und bekam keine Tanzpartnerin, also musste er die Tanzschritte mit einem Kasten üben. Wir brüllten vor Lachen, als Erik versuchte, die Arme um den Kasten zu legen. Sie waren zu kurz. Aber da kamen die lieben Kumpel Björna und Benny und wollten Erik helfen. Sie zogen acht Minuten lang aus Leibeskräften an Eriks Armen, um sie zu verlängern.
Doch nun zum Schulball.
Schade, dass niemand vorher Schädlingsbekämpfungsmittel in den Räumen versprüht hatte. Es wimmelte nämlich von Ungeziefer. Die Lehrer waren auch da. Aber ganz unmöglich war das Ungeziefer dann doch wieder nicht. Ich durfte mit der Geschichtslehrerin der Siebtklässler tanzen. Die ist ehrlich gesagt gar nicht so ohne. Eigentlich unbegreiflich, dass so flotte Käfer Ungeziefer sein können.
Plötzlich sah ich etwas voll Horrormäßiges! Die geheime Favoritin meines Herzens, Gabriella aus der Siebten, Gabriella mit dem Körper einer jungen Frau, obwohl sie eigentlich noch ein echtes Kind ist, diese Gabriella tanzte

mit Herrn Blomgren, unserem Turnlehrer! Eigentlich gehört es verboten, dass Jugendliche sich auf diese Art und Weise mit dem Lehrkörper einlassen!

Mein Kopf wurde in eine Vakuumverpackung gepresst, und meine Gedärme versuchten sich durch meinen Nabel herauszudrängen. Pest! Pest, Cholera und Pest! Ich wurde so wütend, dass ich nicht mehr wusste, was ich tat.

Also fabrizierte ich eine wasserdichte Lügengeschichte über Herrn Blomgren, die ich unter allen anwesenden Schülern verbreitete. Ich behauptete, Blomgren sei ein Bauerntrottel aus einem Provinzkaff, der kleinen Mädchen Schlafmittel in die Limonade tue, um sie gefügig zu machen. Und zwar, weil er noch nie ein Mädchen gehabt habe. Er sei nämlich noch Jungfrau und würde mit der Erstbesten vorlieb nehmen. Ha ha ha!

Das Gerücht verbreitete sich wie ein Lauffeuer auf dem Ball. Nach 25 Minuten kam Erik zu mir her.

»Hast du das von Blomgren schon gehört?«, fragte er mit großen Augen.

»Nö, was denn?«, fragte ich und tat neugierig.

»Du weißt also nichts über seinen Hintergrund? Er kommt aus den USA und ist Bürgermeister von New York gewesen und hat ein neues Schlafmittel erfunden, damit alle nervösen Frauen nachts gut schlafen können. Außerdem ist er unheimlich beliebt bei den Weibern und hat schon über tausend gehabt und kann sich jede aussuchen, die er will.«

Ich starrte Erik an. Mein Gerücht war ermordet und in eine Huldigung an den Lustmolch verwandelt worden. Ich packte Erik am Kragen und schrie ihm ins Ohr:

»Stehst du auf der Leitung oder was? Der olle Blomgren ist doch ein ekliger Geilhuber!«

Dann ließ ich Eriks Kragen los und drehte mich rasch um, weil ich abhauen wollte. Vor mir standen der olle Blomgren und Gabriella.

Da sagte der Geilhuber... Hilfe, meine Alte ruft schon zum neunten Mal, dass das Essen fertig ist. Wenn ich jetzt nicht komme, kastriert sie mich. Das will ich nicht. Werd die Fortsetzung des Dramas morgen schreiben müssen.

Gedicht des Tages:
Mein Herz ist schwer,
meine Eier noch mehr.
Werde ich jemals wagen,
Gabriella meine Hand anzutragen?

Eine stinkige Wolldecke

Hier folgt die Fortsetzung der spannenden und wirklichkeitsnahen Erzählung meiner Erlebnisse auf dem Schulball. Ich hatte ja Lügengeschichten über unseren Turnlehrer Blomgren verbreitet und behauptet, er sei ein geiler Fiesling, bloß weil er mit Gabriella getanzt hatte. Gleich nachdem ich Erik erklärt hatte, was für ein Geilhuber Blomgren sei, drehte ich mich um, und vor mir standen Blomgren und Gabriella.

Mir war sofort klar, dass er mich totschlagen würde. Da sagte er: »Hör mal, Bert!! Du weißt doch, dass man kein Geilhuber ist, wenn man mit der eigenen Nichte tanzt.«
Ich hätte nie für möglich gehalten, dass alles einfach schwarz werden und meine sämtlichen Muskeln sich aushaken und mein Körper sich total auflösen und wie ein Teigklumpen zu Boden fallen könnte. Aber genau das ist passiert. Ich wurde ohnmächtig.
In meinem Ohnmachtstraum träumte ich von Gabriella und ihrem Onkel, unserem Turnlehrer Blomgren. Die beiden tanzten auf einer Sommerwiese und ich lag festgeklebt auf dem Boden und konnte nicht mittanzen. Sie riefen: »Komm, Bert, wir wollen mit dir tanzen.«
Aber ich lag wie gesagt festgeklebt am Boden. Es gelang mir den Kopf zu drehen, und da sah ich, dass Arne neben mir lag, ebenfalls festgeklebt, und auf seinem Bauch war eine Bombe mit Klebestreifen festgemacht.
»Nimm sie weg! Nimm sie weg!«, schrie er.
»Ha ha!«, lachte ich und erblickte plötzlich Eriks Schädel, der aus einem Haufen geschälter Zwiebeln rausguckte. Er heulte und heulte und erklärte schluchzend, dass er gegen Zwiebeln allergisch sei. Da explodierte Arnes Bombe und mitten in dieser Explosion wachte ich auf. Über mir standen Blomgren und die Schulschwester Greta.
Ich fragte, wie spät es sei, und erfuhr, dass noch eine Stunde vom Schulball übrig war. Da bekam ich es brandeilig und wollte sofort hochspringen, um Gabriella auf die Schnelle aufzureißen und einen sexy Schieber mit ihr aufs Parkett zu legen.

»Eia beia!«, sagte Schwester Greta und drohte mit dem Finger.
Dann erklärte sie, dass ich mich unter keinen Umständen anstrengen dürfe, sondern eine Stunde lang schön friedlich unter einer warmen Decke auf einem Tisch liegen und mich ausruhen müsse.
Also lag ich unter einer stinkigen Wolldecke auf einem Tisch in der Turnhalle, mit Schwester Greta an meiner Seite. Es war eine echt ätzende Stunde. Eine Stunde, während der ich 23 verschiedene Jungs mit meiner zukünftigen Gattin Gabriella tanzen sah. Als ich so unter der Decke lag und die Grausamkeit Gottes empfand, kam ich mir wie ein uraltes Fossil vor. Als die Alptraumstunde endlich vorbei war, war auch der Ball zu Ende – eine weitere Grausamkeit!
Gabriellas Kavaliere sahen alle aus wie Kinder. Kein einziger erwachsener Neuntklässler tanzte mit ihr. Wahrscheinlich, weil sie alle wissen, dass es verboten ist, mit Minderjährigen herumzumolchen. 22 Gabriella-Tänzer waren mikroskopisch kleine Siebtklässler und einer war ein hypermulti extrakleiner Achtklässler, Leander, der vermutlich minusierende anabole Stereotypen gefuttert hatte und deswegen so minimal geworden war. Leander sieht wie ein Drittklässler aus und stellt in meinem Kampf um Gabriella keine Bedrohung dar. Gabriella muss die meine werden, auch wenn wir nur heimlich zusammen sein können. Allerdings weiß sie noch nichts von ihrem Glück, aber das lässt sich ohne weiteres ändern. Ich brauche bloß dafür zu sorgen, dass mein Gesicht sich verwandelt und männ-

lich markant wird, dass ich einen Mister-Universum-Körper kriege und dass ich berühmt und stinkreich werd. Dann gibt es keine Probleme mehr. Ich rechne damit, dass die oben erwähnten Kleinigkeiten nächste Woche erledigt sein werden.
Meine Mutter droht damit, mir die Haare zu schneiden, wenn ich nicht bald zum Friseur gehe. Ich weiß nicht, was schlimmer ist.
Papa hat gestern einen Wursteintopf gekocht. War echt lecker. Schmeckte stark nach Fisch.

Gedicht des Tages:
Ich ging zum Tanze,
hatte keine Chance,
es gab keine Romanze,
zieh die Katz am Schwanze.

Eine schwierige Entscheidung

Hab über meine Zukunft entschieden. Jetzt weiß ich, wie es sein wird, wenn ich mich als 65-Jähriger aus dem Arbeitsleben zurückziehe. Mein Rücken wird so krumm sein wie eine spanische Küstenstraße und mein Gehirn genauso leer wie mein Sparbuch.
Wir haben die Fächerkombinationen fürs nächste Jahr ausgesucht. Das heißt, dass wir mehr oder weniger entschieden

haben, was wir nach der Schule für einen Job haben werden.
Es war ein hochinteressanter Tag. Emilia und Louise fingen an zu flennen, und uns war klar, dass sie heulten, weil wir ihnen im nächsten Schuljahr fehlen würden. Björna lachte herablassend und sagte, dass es ja noch fast ein Jahr dauern werde, bevor die Klasse auseinander ging. Da erklärten Emilia und Louise, genau das sei ja das Tragische. Sie heulten, weil sie noch ein ganzes Jahr mit uns Rotznasen verkehren mussten. Ich fühlte, wie der Zorn in mir zu brodeln begann. Diese beiden Tussis sind doch kein bisschen älter als wir, sind aber mächtig eingebildet, bloß weil sie in Typen verknallt sind, die drei Jahre älter sind als wir Männer in der Neunten. Hoffentlich kriegen Emilia und Louise die Krätze, wenn sie mit ihren achtzehnjährigen Kalkleisten herumknutschen.
Arne erklärte, er wolle eine Fächerkombination wählen, wo man ohne Lehrer auskomme, eine Spezialkombination mit einer Menge experimentierlüsterner Mädchen und einem Jungen – Arne.
Ich bat Arne heimzugehen, seine Pubertät abzuhaken und erst mal eine Kleinigkeit über die Wirklichkeit zu lernen. Schließlich sucht man sich seine zukünftigen Schulfächer nicht ausschließlich wegen der Weiber aus.
Arne fragte mich nach meiner Fächerwahl.
»Medien und Soziales«, sagte ich und versuchte ernst und würdevoll auszusehen.
»Aha!« Arne grinste. »Und das wählst du natürlich nicht, weil da vor allem Weiber rumhopsen, was?«

Ich erklärte, dass ich auch dann Medien und Soziales wählen würde, wenn nur zwanzig supermännliche Jungs Medien und Soziales gewählt hätten. Da teilte Björna mit, er habe gehört, dass tatsächlich zwanzig supermännliche Typen ausgerechnet Medien und Soziales gewählt hätten. Ich überlegte, ob ich meine Wahl nicht lieber rückgängig machen sollte. Doch dann sagte ich mir, dass es ja noch keine endgültige Entscheidung ist. Wenn einem später was Besseres einfällt, kann man das immer noch versuchen.

Die Fächerkombination für die Oberstufe zu wählen ist wirklich nicht einfach. Vor Urzeiten, als mein Daddy jung war, im 17. Jahrhundert also, hat man noch einen bestimmten Schultyp gewählt, und damit war es erledigt. Jetzt muss man sich fast sämtliche Fächer selbst aussuchen, die man haben will, und dann muss man entscheiden, wie gut man sein will und wie reich man in Zukunft werden will. Das Letztere ist nicht besonders schwierig. Ist doch klar wie Spinat, dass jeder Millionär werden will.

»Ich nicht«, sagte Erik ängstlich. »Ich verzichte lieber darauf, reich zu werden. Da kommen nur massenhaft Bettler und wollen Geld, und die sind natürlich alle total erkältet, weil sie seit Jahren im Freien schlafen, und stecken mich mit ihren komischen Bakterien an. Nö, da bleib ich lieber halb arm.«

Als wir uns über das Knäblein Erik fertig ausgeschüttet hatten, fragte ich Erik, wofür er sich entschieden hatte.

»Ich hab die sechsjährige Holzfällerlinie gewählt«, erkärte Erik vergnügt.

Ich glaubte ihm nicht. Aber es war tatsächlich wahr. Erik

wollte nicht in einem Büro arbeiten, wo man sich doch bloß Computerviren und Bildschirmkrebs holt. Die Holzfällerlinie wählte er, weil man da möglichst viel an der frischen Luft sein kann. Erik ist echt so komisch, dass man sich gar nicht mehr einkriegt vor Lachen. Eigentlich hätte er die dreijährige Scherzkeks- und Freifurzerlinie wählen sollen, aber die gibt es ja nicht, also ist das auch egal.
Ich selbst bin oft ziemlich komisch. Ich kann drei Witze. Der eine handelt von einer Ameise, die einen Elefanten erwürgen soll, und ein anderer handelt von einem Schweden, einem Norweger und einem Dänen, und den dritten hab ich jetzt gerade vergessen, aber der ist auch wahnsinnig komisch. Wenn ich Witze erzähle, muss ich jedes Mal lachen. Dann kapieren die andern, dass es komisch ist, anstatt auf die irrtümliche Idee zu kommen, ich würd was Trauriges erzählen über Tod, Beulenpest und schlechten Mundgeruch.

Mein Alter ist bestimmt enttäuscht, wenn er hört, dass ich nicht Optiker werden will, wenn ich groß bin. Nein, ich werd Rockstar. Und wenn das nicht hinhaut, werd ich Musikkritiker und mache alle zur Sau, die Erfolg haben.

Meine hochverehrte Frau Mama hat versprochen, uns heute Abend mit einem ungewöhnlichen Gericht zu überraschen. Hoffentlich lebe ich morgen noch, damit ich erzählen kann, ob es gut geschmeckt hat.

Gedicht des Tages:
Mein Leben ist jetzt klipp und klar,
es wird ganz wunderbar.
Ich werd ein Wunderkind,
und alle meine Kinder
werden auch Wunderkinder.
Für ihre Wunderenkel
häkelt meine Mami Schnürsenkel.
Mein Leben wird ein großer Hit,
sonst mach ich nicht mehr mit.

PS. Wenn ich später mal reich bin, kauf ich meiner Mami eine neue Häkelnadel.

Ein treuloser Freund

Vor langer Zeit hatte ich einmal einen Freund. Er hieß Arne Nordin und war lieb. Gestern ist er fies geworden. Nach der Schule wollte er mit mir in den Übungsraum gehen, um unsere Instrumente ein bisschen aufzumöbeln. Ich erklärte, ich sei zu erschöpft. Ich müsse nach Hause, um mich mit Kuchen vollzustopfen, Saft zu trinken und Video zu glotzen. Arne sagte, ich sei ein fauler Affe. Da machte ich ihn darauf aufmerksam, dass ich ein Mensch sei und dass es ziemlich gemein sei, andere Leute für die eigenen Zwecke einzuspannen. Arne sagte, ich hätte Teig im Gehirn. Dem konnte ich nicht zustimmen. Ich schlug sogar vor, dass er mir ins Ohr schauen solle, dann würde er schon sehen, dass in meinem Schädel ganz andere Dinge sind als Teig. Wachs zum Beispiel. Dann haben Arne und ich uns verkracht.

Seit Arne sich in diese Isabella aus der 9 F verknallt hat, ist er wie ausgewechselt. Er will immer nur darüber labern, wie hübsch sie ist und ob er bei ihr Chancen hat und so. Solche Dinge interessieren mich nicht. Ich will lieber darüber reden, ob wir mit einem neuen großrussischen Reich rechnen müssen oder ob das nur eine unheimliche Drohung des CIA oder FBI ist. Arne behauptet, dass ich nur deswegen über Weltpolitik reden will, weil er ausnahmsweise verliebt ist. Sonst würde ich ja über nichts anderes reden als Weiber, behauptet er. Das stimmt nicht. Ich spreche oft über andere Sachen. Über Brillen zum Beispiel. Darüber weiß ich eine ganze Menge. Und über Pickel und Pornohefte.

»Weiber sind nicht alles im Leben«, sage ich zu Arne, weil ich klug und weise bin.

Er sagt, ich soll keinen solchen Käse daherreden. Außerdem behauptet er, dass ich nie was anderes im Kopf hab als Weiber. Das stimmt überhaupt nicht. Manchmal denk ich auch an Jungs. Zum Beispiel daran, welche Jungs mit welchen hübschen Mädchen zusammen sind. Das sind besonders interessante Jungs. Man kann sich mit ihnen anfreunden und sich so den hübschen Mädchen nähern, und dann kann man dafür sorgen, dass der Junge und die Hübsche sich verkrachen. Dann steht man als moralische Stütze bereit. Für die Hübsche. Anschließend verschwindet der Junge von der Bildfläche und man selbst hat freie Bahn. Dann sagt das Mädchen, sie habe sich schon immer gefragt, warum ich so hässlich sei. Und da verwandelt sich die Hübsche in einen Besen. Sehr seltsam. Aber das hat was mit der Magie der Romantik zu tun.

Vorhin hat Arne angerufen und erzählt, dass er einen neuen Kumpel hat. Ich hab mich überhaupt nicht darüber geärgert. Nur ein bisschen, aber das hab ich mir nicht anmerken lassen. Arnes neuer bester Freund heißt Douglas und geht rein zufällig in die 9 F, Isabellas Klasse. Arne, dieser Schlaumeier, glaubt, dass er in die Nähe von Isabella kommt, wenn er mit Douglas verkehrt. Ha, ha, ha. Zu solchen schäbigen Tricks würde ich mich nie herablassen.

Arne hat erzählt, dass Douglas sich gut mit chemischen Experimenten auskennt. Sie hätten zwei Papierkörbe vor der Schule in die Luft gesprengt.

»Oh, da bin ich aber total geplättet«, sagte ich sauer.

»Du bist ja bloß neidisch«, knurrte Arne und knallte den Hörer auf.

Ich war nicht neidisch. Ich war krank. Ein paar Minuten später bekam ich nämlich Halsweh. Es machte einfach PENG, und danach klang meine Stimme, als würde ich versuchen, drei Portionen Haferbrei runterzuwürgen.

Ich bekam hundert Grad Fieber und Halluzinationen. Ich sah draußen auf der Straße einen Mann vorbeigehen. Er hatte karierte Unterhosen an. Dann kam Anki Jönsson angerannt. Sie verfolgte den Mann. Leider hatte sie einen Morgenrock an. Schade, sie hätte doch genauso gut nackt

sein können, wo es doch sowieso nur ein Fiebertraum war.
Ich wüsste zu gern, ob man sich in Luft verwandeln kann, wenn man sich Mühe gibt. Dann wär ich gern ein bisschen Luft in Anki Jönssons Schlafzimmer. Anki Jönsson sieht echt gut aus.
Mein Alter Herr macht mich ungefähr drei- bis viermal täglich fertig, weil ich mich nicht dafür begeistern kann, Optiker zu werden, sondern Medien und Soziales gewählt hab. Er will, dass ich in seine Fußstapfen trete. Das will ich nicht. Er hat nämlich oft Schweißfüße.

Gedicht des Tages:
Heute bin ich krank
und liege hier in meinem Gestank.
Arne, dieser fiesen Laus,
mach ich morgen den Garaus.
Gute Nacht.

PS. Ich schlafe immer noch nicht, obwohl schon zwei Minuten vergangen sind. Bin wohl ein besonders ausgeschlafener Typ.

Unfreiwillige Berühmtheit

Bin in der ganzen Stadt bekannt. Nicht, weil ich so unglaublich gut aussehe, und auch nicht, weil ich so unerhört begabt bin. Nein, ich bin dafür bekannt, dass meine Stimme so überzeugend froschähnlich klingt. Doch, das ist wahr. Es handelt sich nicht um einen neuen fürchterlichen Fiebertraum. Ich wünschte, es wäre so. Folgendes ist passiert:

Ich bin krank, hab eine Halsentzündung. Meine Stimme klingt wie vakuumverpackter Haferbrei, verziert mit Geleehimbeeren. Als ich krank wurde, hab ich mich gleichzeitig auch mit meinem Freund Arne verkracht. Arne hat die Gelegenheit ausgenützt und sich schnell einen neuen besten Freund zugelegt, während ich krank bin. Damit ich mir nicht vor ihm einen neuen besten Freund zulege.

Arnes neuer bester Freund, Douglas, hat behauptet, er sei ein Ass, wenn es um Experimente und elektrische Schaltungen geht. Arne wollte Beweise sehen. Da hat Douglas dreißig Minuten lang in der ganzen Schule den Strom ausgeschaltet. Das war, als wir eine Arbeit über Plankton und andere Haustierchen schreiben sollten. Schade, dass ich nicht in der Schule war. Diese Arbeit hätte ich gern versäumt.

Arne ließ sich von Douglas' elektrischem Können beeindrucken. Die beiden beschlossen ein neues, interessantes Radioprogramm für die Schule zu schaffen. Das ging ganz einfach. Sie brauchten bloß im Rektorat ein paar Leitungen aneinander zu schließen, und schon konnten sie eigene Kassetten abspielen, die über das Lautsprechersystem der Schule zu hören waren.

Jetzt gab es nur noch ein winziges Problem – sie hatten keine Ahnung, was sie in ihrem Radioprogramm senden sollten. Ihnen fiel nichts ein. Arne wollte am liebsten eine Pornosendung machen und Douglas wollte die richtigen Lösungen sämtlicher Klassenarbeiten ausposaunen. Schließlich rief Arne mich an und wollte hören, ob ich irgendeine brauchbare Idee hätte. Als er meine breiige Stimme hörte, musste er lange und herzlich lachen.
Ich wies ihn zurecht und sagte, das sei überhaupt nicht komisch. Arne stellte eine Menge Fragen, die ich beantworten musste. Ich hatte keine Ahnung, dass er unser Gespräch aufnahm. Mein ehemaliger Kumpel Arne, dieser stinkige Fiesling, nahm meine arme Breistimme auf, um sie in seinem Schulradio als komische Froschgeschichte zu senden. Gleich am ersten Tag wurden Arnes Radiosendungen unglaublich beliebt! Alle wollten mehr von diesem komischen Frosch hören. Also rief Arne mich wieder an und nahm neuen Blödsinn auf, den ich ahnungslos daherquakte, und sendete mein Gequake dann in sämtlichen Lautsprechern der Schule.
Die Froschsendungen bekamen Kultstatus. Alle wollten Froschkassetten kaufen. Und alle wollten wissen, wie der Frosch aussah. Und alle Mädchen wollten den Frosch küssen um festzustellen, ob er sich in einen Prinzen verwandeln würde.
Ich selbst lag im Bett, träumte Fieberträume von Anki

Jönssons nackten Titten und wusste nichts davon, was in der Schule abging. Natürlich wunderte ich mich ein bisschen, als Arne mich sechzehnmal täglich anrief und mich bat, mich darüber zu äußern, was ich vom Rektor hielt und ob Russland wieder eine neue Supermacht werden würde und ob die Turnlehrerin der Mädchen am ganzen Körper behaart sei oder bloß unter der Nase. Sonst stellte Arne nie solche Fragen. Komisch, dass er das alles ausgerechnet jetzt wissen wollte, wo ich vierzig Grad Fieber hatte und kaum sprechen konnte. Aber ich lag ja sowieso bloß im Bett und konnte nichts tun, daher war ich trotz allem dankbar, wenn Arne anrief. Manchmal erzählte ich ihm meine Fieberträume. Ich hatte ja keine Ahnung, dass er alles aufnahm und im Schulradio sendete.

Plötzlich rief Erik an und fragte, ob ich nicht bald wieder in die Schule kommen wollte, weil das neue Froschprogramm doch so lustig sei. Ich kapierte null und glaubte schon, es handle sich um einen neuen Fiebertraum. Aber Erik versicherte, das sei nicht der Fall. Dann wollte ich wissen, wovon er überhaupt redete. Erik lachte und sagte, ich würde genau wie der Frosch in der Froschsendung klingen. Und dann wollte er wissen, ob ich wirklich nicht in der Schule gewesen sei und die Sendung gehört hätte, weil ich den komischen Frosch so haargenau nachahmen könne.

Da lief mir ein leichter Schauer über den Rücken. Eine böse Ahnung, dass irgendwas nicht in Ordnung war, überkam mich. Ich fragte Erik, wer für die neue Radiosendung in der Schule verantwortlich sei. Erik berichtete, das seien Douglas aus der 9 F und Arne. Ich fragte, worüber der lustige

TAGE
BUCH
PORNO
Sexy

Frosch im Radio denn so redete. Erik musste kichern, als er erzählte, was der Frosch alles daherquakte: von der Turnlehrerin der Mädchen, von nackten Titten, von der Perücke des Rektors und …

Mein Rückenschauer wurde so eisig, dass ich aufschrie. Jetzt begriff ich alles! Arne hatte mein breiiges Fiebergeschwätz aufgenommen und als Witzprogramm gesendet. So ein Schwein!!!

Ich knallte Erik den Hörer direkt ins Ohr und versuchte Arne anzurufen. Aber Arne war nicht da. Er war bei einem Vorstellungsgespräch im Lokalradio, wo er vielleicht Moderator einer fetzigen Jugendsendung werden sollte, wie Arnes Vater erzählte. Ja, da sei wohl irgendwas mit einem Frosch gewesen, daraus könne eventuell eine witzige Sendung werden, habe es geheißen.

Ich kochte vor Wut. Aber dann wurde es mir zu viel. Vor Erschöpfung wurde ich ohnmächtig. Wenn man vierzig Grad Fieber hat, sollte man Leute wie Arne möglichst nicht in der Bekanntschaft haben.

Wenn ich ihn nächstes Mal erwische, baue ich ihn zu einem Tretroller um und geb ihm einen Tritt, dass er ans Ende der Welt rollt.

Meine Mutter beschwert sich immer häufiger über meine Haare. Sie behauptet, ich sehe aus wie ein Neandertaler. Das passt ja gut, wo ich doch Arnes Schädel demnächst verspeisen werde. Genau das pflegen Neandertaler doch immer zu tun.

Gedicht des Tages:
Bin ein ungeküsster Frosch in einem Loch,
fahr hoffentlich bald zum Himmel hoch.
Dann bin ich Arne für ewig los,
sein Gehirn ist ja voller Knoblauchsoß.

PS. Jetzt muss ich schon wieder an Anki Jönsson denken... Gute Nacht.

Ein schwacher Mensch

Schon mal was von einer total wertlosen Planung gehört? Da komm ich nach meiner schweren Halsentzündung doch mitgenommen und halb tot wieder in die Schule zurück. Und was passiert?
Also: Erstens renn ich hinter einem Feigling her und versuche ihn zu erwischen, um ihn in einem Duschraum zu ertränken. Und erwische ich den Feigling? Nein. Nach ein paar Metern flammt meine Halsentzündung wieder auf, daher muss ich mich damit begnügen, stattdessen einen Siebtklässler zu ertränken. Der Feigling ist Arne. Die Strafe durch Ertränken hat er sich durch sein einmalig schweinisches Benehmen verdient.
Und zweitens hatte unser netter Turnlehrer sich etwas wirklich Passendes für die Turnstunde ausgedacht. Wir sollten einen Ringwettkampf machen. Normalerweise

finde ich Ringkämpfe gut, weil ich meistens Silber oder Bronze kriege. Björna ist immer der Stärkste. Das war er diesmal auch wieder. Aber fast hätte Nicke ihn geschlagen. Wir hatten Björna noch nie so unterlegen gesehen. Alle Jungs jubelten und hofften, dass Nicke gewinnen würde. Aber schwups – plötzlich saß Björna doch auf Nickes Brustkorb und knetete ihm die Ohren.

Ich fragte Herrn Blomgren, ob ich unbedingt mitmachen musste. Ich zeigte meine Halsmandeln und erklärte dem Kerl, dass ich noch unter Restrotz leide. Wenn man gleich nach einer Krankheit eine Überproduktion an Rotz und Schleim in den Nasenlöchern hat, dann ist das Restrotz. Herr Blomgren lachte und sagte, ich sei ja ein ganz schön ekliges Bürschchen. Dann musste ich mich umziehen.

Wenigstens hatte ich Glück im Unglück. Als ersten Gegner hatte ich Erik. Alle beneideten mich. Arne versuchte, mit mir den Gegner zu tauschen. Sein erster Gegner war Björna. Ich lehnte das Angebot ab.

Erik unterzubuttern macht Spaß. Er kann sich nicht wehren und außerdem braucht man sich nicht ins Zeug zu legen. Es genügt, den Schwächling anzustupsen, damit er umfällt, eine Möglichkeit ist auch, ihn am Fuß zu packen und ihn an einer Zehe zu kitzeln. Dann plumpst Erik automatisch auf die Matte.

Erik und ich stellten uns auf der Ringermatte auf. Erik flüsterte mir zu, ich solle nicht zu fest zupacken, auf seine Frisur aufpassen und ihm unter keinen Umständen ins Gesicht schnaufen.

»Du weißt schon«, sagte er. »Wegen Aids und so.«

Vor Wut sah ich rot. Glaubte dieser Schwachsinnige etwa, dass ich Aids hatte?

»Ist doch klar, dass ich dich nicht anschnaufe«, sagte ich. »Allerdings steckt Aids nicht durch die Luft an.«

Erik atmete auf.

»Inzwischen weiß man ja, dass die Ansteckung bei Körperkontakt erfolgt. Wer eine Person mit Aids anfasst, kriegt es automatisch innerhalb von zwei Wochen.«

Erik wollte die Matte verlassen und auf mich als Gegner verzichten. Aber das erlaubte Blomgren nicht. Und das war Pech. Nicht für Erik, sondern für mich. Von Gewinnen konnte nämlich keine Rede sein – o nein, o nein und nochmals o nein! Erik hat mich untergebuttert. Der schwächste Schwächling der Welt hat mich innerhalb von zwei Sekunden glatt umgenietet. Ich selbst entschuldigte mein Versagen glatt mit Halsentzündung und Aids und ging glatt nach Hause.

Gedicht des Tages:

Bin schwach und krank
noch viele Tage lang.

Ein fotografierter Milchzahn

Ich hab Sorgen. Bei uns zu Hause ist Krieg ausgebrochen. Meine Mutter hasst also meinen Vater. Mein Vater hasst meine Mutter. Ich hasse meinen Vater, weil er meine Mutter hasst, und ich hasse meine Mutter, weil sie meinen Vater hasst.
Der Einzige, den ich liebe, ist Ove, mein Schildkröterich. Gestern saß Ove auf einem Stein oberhalb der Wasserfläche. Schildkröten sind unheimlich interessante Tiere. Total wild, einfach zu allem fähig. Ove saß 43 Minuten lang auf seinem Stein. Dann ist was echt Irres passiert. Er blinzelte. Und nicht genug damit. Nach weiteren 18 Minuten auf dem Stein drehte Ove voll durch und stellte was noch Verrückteres an – er öffnete den Mund und streckte die Zunge raus. Dann tauchte er ins Wasser. Ende des Berichts.

Gestern wurden mein Mut und meine außergewöhnliche Männlichkeit schwer auf die Probe gestellt. Ich war beim Zahnarzt. Ich war nicht das einzige Folteropfer. Nein, Arne, Björna, Rut und Lisa waren auch dabei. Aber Erik nicht. Wenigstens nicht drinnen beim Zahnarzt. Erik lag im Wartezimmer hinter den Polstersitzen und weigerte sich vorzukommen. Wir mussten eine Mutter mit drei Kindern bitten, Eriks Zahnarztphobie mit mütterlichen Worten zu beschwichtigen. Sie erzählte ihm von den bösen Zahntrollen, die in seinem Mund herumtoben würden, falls der Onkel Zahnklempner nicht reingucken durfte. Erik gab auf.

Björna wollte sich nackt ausziehen und sich damit bei der dreifachen Mutter bedanken. Sie war natürlich interessiert, musste aber aus Zeitmangel dankend ablehnen.
Zuerst mussten wir uns den Mund fotografieren lassen. Arne schrie, von der Strahlung würde er Krebs dritten Grades kriegen. Alle lachten. Lisa weigerte sich, als Fotomodell aufzutreten. Sie lasse sich nie gratis fotografieren. Mindestens fünfhundert pro Film verlangte sie von der Schwester. Und das bekam sie auch. Fünfhundert bissige Bemerkungen über aufmüpfige Neuntklässler, die noch feucht hinter den Ohren seien. Wir checkten. Die Alte hatte sich geirrt. Keiner von uns war feucht hinter den Ohren.
Dann kam Erik an die Reihe. Nachdem wir ihn in den Röntgenraum geschleppt und der Schwester geholfen hatten ihn festzubinden, erstarrte sie und blickte gebannt in das aufgesperrte Maul des Helden. Dann rannte sie raus und holte noch vier Schwestern und Zahnmenschen. Alle wollten Eriks Zähne angucken. Ich befürchtete das Schlimmste, zum Beispiel dass Erik Gummizähne hatte und uns diese Tatsache fünfzehn Jahre lang verheimlicht hatte. Oder dass Eriks Zähne von irgendwelchen geheimen Pestilenzbakterien nur so wimmelten, die sofort ansteckten, wenn der Kranke zum Sprechen den Mund öffnete.
Nichts davon war wahr. Wahr war dagegen, dass Erik ein medizinisches Phänomen darstellte. Vermutlich war er der einzige Fünfzehnjährige in ganz Skandinavien, der immer noch im Vollbesitz seiner Milchzähne war. Angeblich hatte es vor ein paar Jahren in Hamburg einen ähnlichen Fall gegeben. Aber das war nur Bluff gewesen. Der Typ hatte sich

einen Scherzartikel in den Mund gesteckt. Erik war kein Bluff. Er hatte 12 niedliche Milchzähnchen im Oberkiefer und 12 genauso niedliche kleine Beißerchen im unteren. Ein Zahnarzt kam hereingestürzt und klatschte spontan in die Hände, als er Eriks weit aufgerissenen Mund sah. Dann holte er eine Pocketkamera hervor, stellte sich neben Erik und ließ sich von der Schwester knipsen, um so die ganze Ehre einzuheimsen. Morgen wird Eriks Futterluke in 36 Tageszeitungen und einer Horrorzeitschrift veröffentlicht.

Meine eigene Röntgenuntersuchung war eine ziemlich uninteressante Geschichte. Sie machten ein paar Aufnahmen, sagten »hm« und dann »okay«. Anschließend musste ich wieder im Wartezimmer warten. Ich und Arne probierten aus, wie viele Informationsbroschüren über Karies wir auf dem Kopf balancieren konnten, ohne das Gleichgewicht zu verlieren. Arne schaffte die meisten und gewann.

Ich kam als Letzter zur zahnärztlichen Untersuchung. Bestimmt würde irgendein schmuddeliger alter Zahnklempner mit kaffeebraunen Hauern an meinen Zähnen herummeißeln, um das Zahnsteinrisiko zu checken. Aber dem war nicht so. Der Klempner entpuppte sich als eine hinreißende Lady in ihren besten Jahren, zwischen 20 und 40 oder so.

Meine märchenhaft schöne Zahnspezialistin war sehr behutsam. Sie streichelte meine Zähne mit ihrem Stahlstöckchen. Voller Sinnlichkeit grub sie zwischen meinen Zahnhaken, um gelbes Zeug wegzupulen. Mit verführerischer Stimme erklärte sie, was für schwerwiegende Folgen es

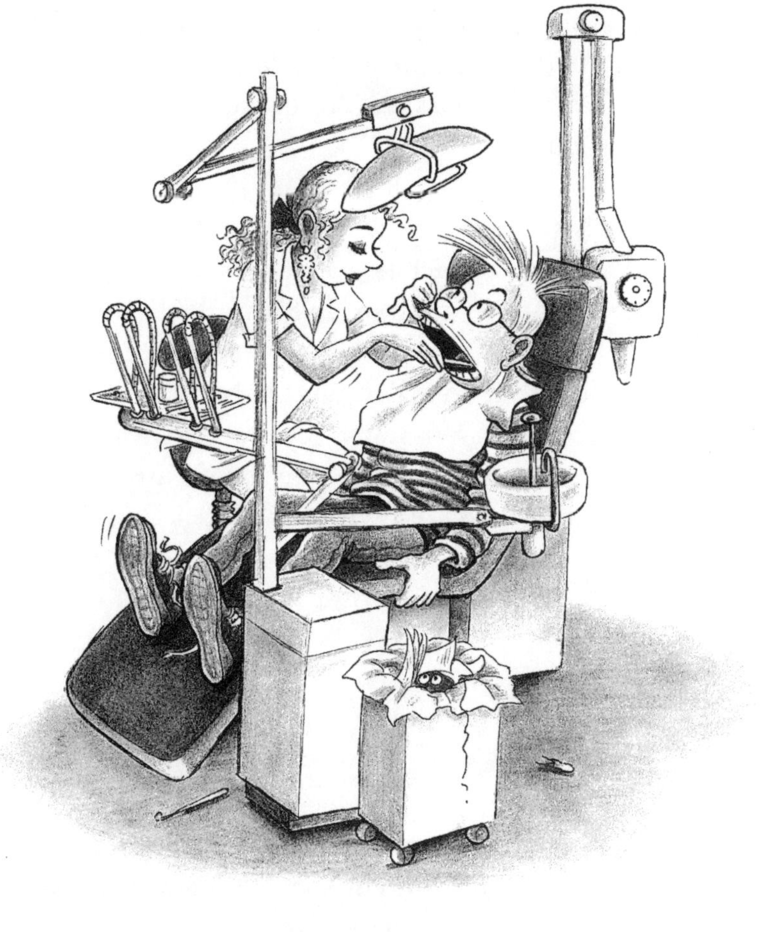

haben kann, wenn man Schokonüsse futtert, ohne sich hinterher die Zähne zu putzen. Dann überreichte sie mir mit liebevollem Lächeln einen Zettel, auf dem alles über die Patientengebühren nach der Vollendung des achtzehnten Lebensjahres zu lesen stand. Ich bedankte mich für diese Liebesgabe und glitt zu Arne hinaus.

Ich und Arne mussten uns elf Minuten gegenseitig den Rücken klopfen, um den schlimmsten Seelenschmalz rauszuhusten. Der Erfolg war, dass wir uns in die Wolle kriegten und uns richtig verhauten.

Gedicht des Tages:
Oben links Amalgam im Gebiss,
unten rechts Karies – Mann, hab ich Schiss!

PS. Auf dem Heimweg vom Zahnarzt hab ich mit Louise und Lisa rumgeblödelt. Wir haben so getan, als wären wir Ausländer und haben die Leute gefragt, ob sie uns den Weg nach Rakkapäjkää sagen könnten. Zum Glück konnte das niemand.

Ein Schultag voller Sex

Gestern wurden meine Körperteile steif, ganz besonders einer. In der Schule hatten wir ein Spezialthema, und das Thema hieß Sex und Zusammenleben.
Alle Neuntklässler nahmen daran teil. Wir erfuhren eine Menge nützliche Dinge über Sex und Zusammenleben, u. a. dies: Wenn wir später mal verheiratet sind, wird unsre Frau ganz schön traurig, falls wir mit einer anderen Frau zusammenleben. Ein Raunen ging durch die Reihen der Jungs, als wir diese überraschende Neuigkeit erfuhren.

Ein weiteres Raunen war zu hören, als unsere Schulschwester Kondome demonstrierte. Sie blies einen auf, und auf dem stand MIT BLEIFREI FÄHRT SICH'S BESSER. Björna hatte das Verhüterli gegen einen Ballon von Texaco ausgetauscht. Dann demonstrierte die Schulschwester mit ihren Fingern, wie man das Kondom überstreifen sollte. Erik beugte sich zu mir vor und bemerkte erstaunt, er habe ja keine Ahnung gehabt, dass man die Weiber mit dem bloßen Finger aufpumpen könne. Ich glaubte, er hätte einen Witz gemacht, und lachte laut.

Da dachte die Schulschwester, ich hätte über ihre Demonstration gelacht, und zwang mich nach vorn zu kommen um zu üben. Ein zutiefst geschockter Bert Ljung zitterte sich nach vorn zum Lehrerpult und schluckte sechzehntausendmal. Ich war so nervös, dass ich keine Öffnung in dem Gummi fand. Da brüllte Björna, ob ich mich denn nicht mit Löchern auskenne.

Die Schwester zwang Björna zu einer Demonstration nach vorn zu kommen, aber Björna schaffte es nicht bis zum Lehrerpult. Ihm wurde nämlich plötzlich schwindlig und er musste nach draußen und zweimal um die Schule traben, um nicht zu speien.

Schließlich ging Louise nach vorn und zeigte, wie man ein Kondom überstreift. Dazu brauchte sie glatte vier Sekunden, und nach glatten fünf Sekunden begannen wir Jungs uns auszumalen, warum Louise sich so geschickt anstellte.

Nach dem Unterricht nahmen wir an einer Umfrage über das Sexualleben von Jugendlichen teil. Wir sollten ein

Formular ausfüllen, wann das erste Mal gewesen war und wie oft wir jetzt Sex hatten und ob wir eine feste Beziehung hatten und andere saftige Fragen, an denen ein paar geifernde alte Knacker in irgendeiner Behörde sich aufgeilen wollten.

Man sollte wahrheitsgetreu und ohne Übertreibung antworten. Und das war ja das reinste Kinderspiel, wenn sämtliche Kumpel um einen herumhockten und zu sehen versuchten, was man hinschrieb. Ich antwortete, dass ich ungefähr 54 Mädchen gehabt hätte, im Augenblick aber ohne feste Beziehung lebe, dass aber mindestens acht Weiber Schlange stünden. Arnes Formular wurde zu einer erotischen Schilderung des wilden Pornolebens eines hypersexuellen Fünfzehnjährigen. Arne schrieb, er würde mindestens siebenmal täglich mit seinen Freundinnen in den Sack hüpfen. Er habe mehrere gleichzeitig, ein 35-jähriges Fotomodell sei seine Geliebte und er wohne in einer Wohnung mit Spiegeln an der Zimmerdecke, und dorthin würde er seine Miezen immer mitnehmen.

Erik füllte kein Formular aus. Die Fragen berührten ihn nicht, da er immer noch sehnsüchtig auf die Pubertät wartet.

»Es ziemt sich nicht für Knaben, an intime Einzelheiten zu denken«, erklärte Erik und gab sein Formular unausgefüllt ab.

In der Pause dieses Spezialthema-Tages zählten Arne und ich rote Köpfe bei den Weibern. Bevor wir in die nächste Stunde mussten, kamen wir auf 32. Die nächste Stunde war eine Filmvorführung.

»Macht den Kognak auf, Jungs! Jetzt gibt's einen schönen Porno!«, röhrten wir Jungs und lachten männlich im Dunkeln.
Einen Porno gab es nicht, dafür bekamen wir einen Entbindungsfilm für junge Mütter zu sehen. Als die Entbindung gezeigt wurde, begannen wir Jungs männlich zu piepsen und verlangten eine Pause. Die bekamen wir nicht.
Der Film war nicht schlecht. Vor allem, weil einige sehr gut aussehende junge Mütter drin vorkamen. Sonst kapierte ich nicht so recht, wovon eigentlich die Rede war, aber das war bestimmt nicht so wichtig.
Nach dem Essen sollten wir uns über Sexualität in der Literatur informieren, also durften wir im Unterricht so viel Schund lesen, wie wir wollten. Und das wollten wir. Die Mädchen lasen laut aus dem Playboy vor. Da ging es um eine Firmenfeier, die endete so, wie ich es mir nicht mal in meinen wildesten Träumen hätte vorstellen können. Ich spürte, dass ich schlicht und ergreifend geil wurde. Das durfte ich natürlich nicht zeigen. Meine Hose wollte es zwar, aber ich nicht. Ich musste den ganzen Tag vornübergebeugt rumlaufen und behaupten, dass ich Wachstumsschmerzen hätte.
Apropos Wachstum – Ove ist in letzter Zeit kein bisschen gewachsen. Der Ärmste, er macht ein ganz trauriges Gesicht. Vielleicht spann ich ihn ein Weilchen in eine Streckbank. Dann wird er bestimmt vierzig Zentimeter länger.

Gedicht des Tages:
Ich kann heute nicht gut gehen,
mein Ständer will nur stehen.
Verlegen schreib ich diesen Vers
und fühle mich total pervers.

Eine Nachricht aus dem Unbekannten

Ich *werde* bimpern. Das *werde* ich! Gestern hab ich meine ganze sexuelle Zukunft in der Hand gehalten.
Nach dem Thema-Tag über Sex und Zusammenleben fühlte ich eine wachsende Unruhe im Bauch. Ich würde nie ein erstes Mal erleben. Ich würde mein Leben als Mönch verbringen und mit gut erhaltenem Gebrauchtpenis sterben. Ja, verdammt gut erhalten. Besser gesagt, kein bisschen gebraucht.
Dieses Unruhegefühl brachte mich gestern zum Nachdenken. Während meiner Studien in den Sommerferien hab ich gelesen, dass man die Richtige meistens an völlig unerwarteten Orten trifft. Bei der Arbeit, auf der Bank oder in der Schule. Also wusste ich, dass ich meine Richtige in der Schule treffen würde.
Die Richtige für mich ist natürlich Anki Jönsson oder Gabriella aus der Siebten.
Gestern hab ich Gabriella gesehen. Sie ist lecker, sexy und sehr nett. Ich sah, wie sie zum Klo ging, also versteckte ich

mich hinter einem Schrank. Nach zwei Minuten und sechs Sekunden kam sie wieder heraus. Ich wollte vorstürzen und brüllen: »Du bist die Richtige für mich! Das weißt du!« Das tat ich aber nicht. Verbotene Früchte sind eine heikle Angelegenheit. Erfahrener Neuntklässler und unerfahrene Siebtklässlerin und so...

Als Gabriella verschwunden war, suchte ich dasselbe Klo auf, weil ich wissen wollte, ob sie vielleicht ein Parfüm benützt hatte.

Nachdem ich die Klotür verriegelt hatte, sah ich es. Die unbekannte Nachricht, die ich bisher noch nie gesehen hatte. Sie war unter dem Waschbecken an die Wand geschrieben. Da stand:

WILLST DU FIKEN? RUF 990000991 AN.

Ich wurde ohnmächtig. Das musste natürlich Gabriella sein, die »fiken« wollte. Mein Atem klang plötzlich wie das Hecheln eines Werwolfs. Den ganzen Tag konnte ich nur an diese Nachricht denken. Ich bekam schweißnasse Hände, die ich viermal an Arnes Pulli abtrocknete.

Ich wusste, was ich tun würde. Ich würde die Nummer anrufen. Ich würde Gabriella anrufen und in den Hörer schreien: »Klar will ich fiken.«

Das Telefongespräch lief folgendermaßen:

Nach vierhundert angstvollen Überlegungen rief ich an. Ich wählte die Nummer. 990000991. Ich wusste, was ich sagen würde. Alles war vorbereitet. Ich wartete nur darauf, Gabriellas Stimme zu hören, um mich dann irgendwo auf einer weichen Wiese mit ihr zu verabreden.

Im Telefon tutete ein Ton. Dann erklang eine Stimme. Sie sagte:
»Guten Tag. Hier Wettbüro der Traberrennbahn. Auf welches Pferd wollen Sie setzen?«
Ich antwortete nicht. Ich wusste ja nicht, welches der Pferde »fiken« wollte.

Das Gedicht des Tages entfällt wg. Todesfall.

Ein Monster kommt zurück

Etwas Schreckliches ist passiert. Ja, eigentlich passieren ja jeden Tag schreckliche Sachen, wenn man an alle Kriege auf der ganzen Welt denkt und an alle Todesfälle, die ringsum auf dem Globus mehrmals in der Sekunde eintreffen. Wenn man zu viel daran denkt, wird man ein trauriger Mensch, der die ganze Zeit weint. Ich versuche, nicht allzu viel an die Todesfälle der Welt zu denken. Die ständigen Todesfälle meiner inneren Gefühle reichen mir völlig. Gestern starben meine Gefühle zum siebenhundertsten Mal in diesem Schuljahr.
Ich erfuhr, dass ein Typ, der früher einmal in meine Klasse ging, in die Stadt zurückgekehrt ist. Der Typ war kein normaler Typ. Er war ein maskiertes Monster, das mit Vorliebe raufte, prügelte und die übrigen Jungs in der Klasse terrorisierte. Der Typ heißt Klas, wird aber Klumpen ge-

nannt. Im Vergleich mit Klumpen sehen Dracula und der Werwolf wie trällernde Kirchenchorsängerinnen aus.
Das Gerücht von Klumpens Wiederkehr verbreitete sich wie die Beulenpest. Es ging sogar schneller als damals, als Pia Jansson mit Jonny Hansson einen Seitensprung gemacht hatte. Das hatte die ganze Stadt innerhalb von 30 Minuten gewusst. Über Klumpens Wiederkehr wussten alle nach 4 Minuten und 17 Sekunden Bescheid. Das war neuer Weltrekord.
Ich überlegte, ob ich mich für ein paar Monate krankschreiben lassen und mich vom aktiven Leben zurückziehen sollte, um meinen Körper zu stählen, damit ich Klumpen dann ein für alle Mal ordentlich vermöbeln konnte.
Das war nicht nötig.
Gestern Abend läutete es an meiner Tür. Ich malte mir aus, dass es ein hübsches Mädchen war, das mit mir schmusen wollte. Doch dieser Traum zerbrach an seiner eigenen Unmöglichkeit. Dann überlegte ich, ob es jemand sein konnte, der mir zwei Millionen Kronen schenken wollte. Aber das scheiterte daran, dass es der falsche Tag war. Das Geld an die Armen wird nur dienstags verschenkt. Dann überlegte ich, ob draußen vor der Tür vielleicht ein Massenmörder stand. Damit kam ich der Wahrheit schon näher. Es war Klumpen.
Ich holte tief Luft, bis keine Luft mehr in meine Lungen passte, dann begann ich vor Sauerstoffmangel zu husten. Vor der Tür stand ein fröhlicher Klumpen in Anzug und Krawatte. Er hielt eine Büchse in der Hand. Aber keine, mit der er mir die Birne wegpusten wollte. Nein, eine Büchse, in

LJUNG

der er Geld sammelte. Ich fragte, wofür er das Geld brauche. Klumpen lachte ein blendend weißes Lachen und erklärte, das Geld sei nicht für ihn selbst. Es sei für Lennart.
»Was für ein verdammter Lennart denn?«, fragte ich interessiert.
»Aber, aber«, sagte Klumpen und drohte mit dem Finger. »Nicht fluchen, dann kommt man nicht in den Himmel.«
»Wie bitte? Was?« Mit meinen Ohren musste was nicht in Ordnung sein.
Klumpen erklärte, er sei kein Rowdy mehr und würde den Leuten nicht mehr in die Fresse hauen, wenn sie nicht taten, was er wollte. Nein, er sei jetzt Mitglied des religiösen Vereins »Lennarts Worte«.
»Lennart? Wer ist Lennart?«, fragte ich erstaunt.
»Lennart ist unser Hirte. Er kriegt das Geld, das wir sammeln, und wir lauschen seinen klugen Worten. Lennart – unser Hirte auf Erden.«
Mir war klar, dass Klumpen bluffte. Er hatte sich das alles bloß ausgedacht, um gutgläubigen Bürgern Geld für Bratwürste mit Pommes und Senf abzuluchsen.
»Das Geld brauchst du für Bratwürste, ist doch klar wie Spinat«, sagte ich und lachte über Klumpens billigen Trick.
Klumpen wurde gekränkt und erklärte, ich käme nicht in den Himmel, wenn ich ihm nicht glaubte. Ich sah mir den verwandelten Klumpen an, der draußen im Treppenhaus stand, und stellte fest, dass er die Wahrheit sprach. Er war tatsächlich Mitglied eines Vereins, der »Lennarts Worte« hieß.

»Warum bist du zurückgekommen?«, wollte ich wissen. Klumpen guckte verlegen zu Boden und murmelte was Unverständliches. Ich sagte:
»Was?«
Da passierte was. Der Knabe mit Krawatte und Anzug, der in unserem Treppenhaus stand und wie mein alter Feind Klumpen aussah, nahm eine neue Gestalt an. Innerhalb einer Zehntelsekunde verwandelte er sich in sein altes Ich, brüllte wie der schlimmste Dinosaurier, presste mich an die Wand und schrie:
»VERDAMMTE SCHEISSE! BIN HERGEKOMMEN, UM MICH FÜR MEIN FRÜHERES LEBEN ZU ENTSCHULDIGEN. WENN IN MEINER VERGANGENHEIT AUCH NUR EIN DUNKLER FLECK IST, WERD ICH KEIN VOLLWERTIGES MITGLIED VON ›LENNARTS WORTEN‹! JETZT VERZEIHST DU MIR AUF DER STELLE, DU SCHEISSKERL, SONST REISS ICH DIR DEINE MIESE RÜBE RUNTER! KACKBERT!«
Ich genoss den Auftritt wie ein echter Masochist. Klumpen war wieder der alte Klumpen. Selten fies – aber trotzdem nett.
Nach dieser kleinen Demonstration seines alten Ichs bekam Klumpen Angstzustände. Er schwitzte wie ein alter Fettwanst in der Sauna. Dann strahlte er plötzlich wie die Sonne, bleckte boshaft seine gelben Hauer und sagte, es sei voll geil, wieder hier zu sein. Er habe ganz vergessen, was für ein tolles Gefühl es sei, der King zu sein. Er drohte glaubwürdig damit, wieder herzuziehen und ein

für alle Mal unser King zu werden. Mir wurde kalt vor Abscheu.

Wenn Klumpen jetzt für immer zurückkäme, das wäre ja die totale Kata! Alle Weiber wären besetzt, weil er sie samt und sonders in seinen privaten Harem sperren und zu Sexspielen zwingen würde. Kann nur sagen, die totale Kata!

Da tauchte der rettende Engel auf in Gestalt von Reino. Reino ist Klumpens Vater, der früher mal der größte, schlimmste und älteste Rocker der Stadt war. Inzwischen sah er völlig verändert aus. Er hatte geleckte Haare und trug elegante Halbschuhe. Mit einem übertrieben liebenswürdigen Lachen versicherte er, dass er seinen ungehobelten Sprössling sofort aus meinem Haus und meiner Stadt entfernen würde. Er versprach, noch am selben Tag nach Motala zurückzufahren und Klumpen in »Lennarts Bibelschule« zu stecken.

Reino packte Klumpen mit festem Griff am Kragen und zog ihn zu seiner Rostlaube hinaus. Klumpen schrie mir noch zu, er werde mit frischen Kräften wiederkommen, wenn er volljährig sei.

Was wird er dann wohl mit mir anstellen? Vielleicht mich mit Bibeln bombardieren?

Jetzt höre ich mit dem Schreiben auf und widme mich zwei Minuten lang meinen Hausaufgaben. Morgen schreiben wir eine schwierige Klassenarbeit über biblische Geschichte. Die Frage, wie Moses' Bruder hieß, werd ich mit »Klumpen« beantworten und hinzufügen, dass er Reichtümer sammelte wie kein Zweiter in der biblischen Stadt.

Gedicht des Tages:
Die Gefahr ist vorbei.
Klumpens Geschrei ist mir einerlei.
Sein Daddy ist so stark und groß,
in Klumpens Büchse ist viel Moos.
Ich will das Monster nie mehr sehen,
darum will ich zu Gott jetzt flehen.

PS. 1: Gestern hab ich von einem Sellerie geträumt. Ich bekam solchen Appetit darauf, dass ich mir ein paar Radieschen aus dem Kühlschrank holte. Näher als so konnte ich dem Sellerie nicht kommen.

PS. 2: Vorhin rief Arne an und erzählte, dass er Isabellas Briefkasten gesprengt hat um bei ihr Eindruck zu schinden. Ich hab Arne gefragt, ob er eine Leiche heiraten wollte.

Ein Bus zur Rettung der Welt

Ich weiß jetzt, wie meine Zukunft aussehen wird. Leb wohl, verpenntes Gymnasium! Lebt wohl, Büffelei und Strebertum! Ich werd was Wesentlicheres aus meinem Leben machen.
In Zukunft werd ich mit einem Bus durch die Welt fahren und die Leute überzeugen, dass wir die Erde und ihre Naturschätze retten müssen.

Das Ganze fing damit an, dass Arne eine kleine Anzeige in einer Zeitung las. »Rettet die Erde mit unserem Dieselbus«, stand da. »Vortrag heute Abend. Interessenten willkommen.«
»Da bringen mich keine zehn nackten Nudisten hin!«, erklärte ich Arne sofort.
Arne begann aus dem linken Auge ein paar Wassertropfen hervorzupressen. Dann erklärte er, es sei für ihn von lebensentscheidender Bedeutung. Er wolle unbedingt zu diesem Vortrag, aber nicht allein, und der einzige Mensch auf der ganzen Welt, mit dem er sich vorstellen könne hinzugehen, der sei ich. Ich ließ mich überreden – mit Hilfe von drei Portionen Eis, einem Hamburger und zwei Dosen Cola.
Bei dem Vortrag war es gerappelt voll. Da waren ich, Arne und sechsunddreißig Altfreaks, die normalerweise wahrscheinlich unter irgendeinem Stein hausten. Alle mussten im Kreis sitzen und einander an den Händen halten und ein Lied ohne Text singen: Aaaaaaaa...!!!
Ich genierte mich wie eine Kreuzung zwischen Tomate und Radieschen. Arne strahlte vor Glück und Begeisterung.
Dann begann die Veranstaltung. Einer der Freaks stand auf und begann von der Welt zu reden und vom Waldsterben und davon, wie wichtig die Gemeinschaft aller Länder ist. Ich kapierte null und hörte minus acht zu. Stattdessen guckte ich mir die übrigen Teilnehmer an. Plötzlich entdeckte ich eine echt scharfe Tante, ungefähr so zwischen 28 und 43. Sie war so hübsch, dass es in meiner mittleren Mittelpartie zu sprühen begann. Zum Glück saßen wir auf

dem Boden, sodass ich meinen Frechen Fritz problemlos runterpressen konnte, ohne dass jemand es merkte. Aber als wir aufstehen und uns bei Mutter Erde bedanken sollten, verschlimmerte sich meine Situation um 65 Prozent. Es gelang mir den Frechen Fritz unter Kontrolle zu halten, indem ich bloß halbwegs aufstand und intensiv daran dachte, wie kalt es im Winter am Nordpol ist.
Nachdem der Freche Fritz sich einigermaßen beruhigt hatte, kam schon der nächste Hammer. Ich erblickte fünf neue Schönheitsköniginnen, und jetzt verwandelte sich der Freche Fritz in den Wahnsinnigen Willi. Mein ganzer Körper wurde steifbeinig und ich bekam einen hyperdeutlichen Megaständer!
Also setzte ich mich wieder auf den Boden, führte ein langes Gespräch mit mir selbst und diskutierte über Gefriertruhen und Eismeerdorsch, alles nur, damit der Wahnsinnige Willi aufhörte sich so aufzuführen. Ich hatte Erfolg. Niemand sah meinen peinlichen Zustand. Dann war die Veranstaltung zu Ende und alle gingen nach Hause. Zurück blieben Arne und ich. Arne war Feuer und Flamme. Er wollte um jeden Preis im Dieselbus um die Erde mitfahren, anstatt sich mit der Schule rumzuplagen. Ich lachte höhnisch über diese Idiotie. Da sagte Arne, dass diese tollen Weiber, die mir meinen Megaständer beschert hatten, auch im Bus mitfahren würden. Ich fragte, was eine Fahrkarte kostete.
»Bloß 38 000 Kronen, Mehrwertsteuer und Fracht *inklusive*«, sagte Arne beeindruckt.
»Wie zum Wahnsinnigen Willi noch mal sollen wir 38 000

Piepen auftreiben?«, fragte ich. »Das macht ja 19 000 pro Nase!«
»Nö«, sagte Arne. »Es kostet 38 000 pro Person. Aber was soll's, das können unsere Big Daddys doch ausspucken!«
Ein guter Vorschlag. Wir gingen nach Hause und fragten unsere geliebten Erzeuger, ob sie gewillt seien unseren kleinen Urlaubstrip um die Erde zu finanzieren.
Arnes Vater ging an die Decke, als er hörte, was es kostete. Er räusperte sich schleimig und schloss sich dann für ein paar Stunden im Klo ein. Mein Vater ging nicht an die Decke. Er schoss durch die Decke und hinaus durch die Ozonschicht und streifte eine äußere Atmosphäre mit seiner Glatze.
Mit anderen Worten – sie lehnten es ab!
Arne und ich begannen uns sofort den Kopf darüber zu zerbrechen, wie wir selbst ein kleines Vermögen zusammenkratzen könnten. Mir war ganz klar, dass die tollen Weiber einen Gentleman und Beschützer gegen die vielen verdächtigen Freaks im Bus brauchen würden.

Am nächsten Tag brachte Arne einen detaillierten Plan für einen Banküberfall in die Schule mit. Er rechnete damit, ungefähr 300 000–400 000 bei dem Bruch zu erbeuten. Zu dem Plan gehörten zwei tanzende Zwerge, ein Hollywoodstar, eine weibliche Hockeymannschaft aus Brasilien, drei weiße Tiger, eine verkleidete Mickymaus und eine hüpfende Gurke.
»Eine hüpfende Gurke?«, fragte ich. »Ist das nicht ein bisschen übertrieben?«

»Gar nicht«, sagte Arne. »Wir stecken Erik in ein grünes Trikot. Dann schenken wir ihm ein Wassereis und dreißig Kronen. Dann hüpft er garantiert vor Freude und wir haben eine hüpfende Gurke.«
Ich stellte eine rasche Berechnung der ungefähren Kosten und Unkosten auf und kam zu dem Ergebnis, dass der ganze Raubüberfall mit 3 : 60 in den Miesen enden würde.
Arne fluchte 45 Minuten lang, dann ging er nach Hause um »den Plan zu verfeinern«, wie er es nannte.

Heute Nacht um drei rief Arne an und fragte begeistert, was eine Bazooka kostet.
Ich sandte einen Fluch durch die Leitungen der Telefongesellschaft direkt hinein in Arnes verunreinigtes Gehirn, als Dank dafür, dass er mich mit seinen total behämmerten Plänen mitten in der Nacht aufgeweckt hatte.
»Aber was sollen wir dann als Waffen nehmen?«, wollte Arne wissen.
»STEINSCHLEUDERN!! IDIOT!«, schrie ich und warf den Hörer auf.
Anschließend brauchte ich anderthalb Stunden um wieder einzuschlafen. Da rief Arne noch mal an und teilte mit, einen Idioten habe er schon aufgetrieben, nämlich Erik, und zwei Schleudern seien in der Herstellung. Der Raubüberfall sei jetzt eine Tatsache, sagte er.
Mir ist klar, dass ich Arne vernichten und von der Erdoberfläche verschwinden lassen muss, bevor er sich selbst vernichtet. Ich glaube nämlich nicht, dass ich mit ungerächter

Rache in meinem Inneren leben kann. Ich muss Arne einfach mit einem stinkigen, halbvermoderten Strumpf oder sonst was Ekligem erwürgen. Eine andere Alternative wäre, meinen Schildkröterich Ove einem Spezialtraining zu unterziehen, damit er ein lebensgefährlicher Killer wird. Dann muss er eine schwarze Lederkluft anziehen und fünf Meter hoch in die Luft springen und solchen Idioten wie Arne tödliche Fußtritte verpassen. Aber andererseits wär das gar nicht gut. Wenn Ove so ein tüchtiger Kämpfer wird, kann er mich ja zwingen, für ihn Sklavenarbeit auszuführen. Und wenn ich mich weigere, verpasst er mir tödliche Fußtritte. Das würde meinen Eltern nicht gefallen.

Ob Anki Jönsson nachts wohl nackt schläft?

Gedicht des Tages:
Wer schenkt mir einen Kuss
in einem Dieselbus?

PS. Heute hat Sanna gesagt, ich sei der lebendige Beweis dafür, dass der Aussatz noch nicht ausgestorben ist. Am liebsten hätt ich geheult. Aber da hat Lisa gesagt, dass Sanna aussieht wie ein Haufen Scheiße. Und ich muss zugeben, die Ähnlichkeit ist wirklich frappierend. Ich bedankte mich bei Lisa.

Ein Diktator wird geboren

Jetzt werde ich berichten, wie ein ganz normaler Schultag abläuft. Es beginnt damit, dass meine Alte mich aus dem Bett zwingt und sagt, dass ich mich beeilen muss. Dann sage ich, dass ich die Schule hasse und heute eigentlich krank bin. Meine Mutter droht, mich zu küssen, wenn ich nicht aufstehe. Also gehe ich trotz allem zur Schule, stelle aber fest, dass dies ein Heim für lauter arme Irre ist. Jedem, der es hören will, und auch jedem, der es nicht hören will, sage ich, dass alles Scheiße ist und dass ich die Schule hasse. Ein paar Unterrichtsstunden penne ich weg und dann glotze ich die scharfen Weiber an und sage mir, dass es eigentlich gar nicht so schlecht ist, in die Schule zu gehen. Wenn man in einer Fabrik arbeiten würde, wo indische Nähmaschinen hergestellt werden, würde man bestimmt keine Weiber zu Gesicht bekommen. Natürlich würde ich nie im Leben zugeben, dass es mir Spaß macht, in die Schule zu gehen und Weiber anzuglotzen. So was geben bloß Goofys und Geilhuber zu. Ein Goofy bin ich nicht.

Heute war ein ungewöhnlicher Schultag. Wir haben eine Übungswahl gemacht. Das heißt, dass wir wählen mussten, welcher Partei wir unsere Stimme geben würden, wenn wir tatsächlich echt wählen dürften. Wir sollten mit anderen Worten so tun, als wären wir erwachsen. Es fing damit an, dass Arne sich besaufen wollte. Er behauptete, Erwachsene seien oft besoffen. Unsere Lehrerin hat es ihm nicht erlaubt. Sie sagte, Arne dürfe stattdessen die Stimmzettel verteilen. Arne nahm das Angebot an, verteilte aber keine Stimmzettel. Die wollte er nämlich der russischen Mafia verkaufen. Arne war überzeugt, dass die russische Mafia die schwedische Demokratie unterwandern will. Ich klärte Arne darüber auf, dass die Schulwahl keine echte Wahl sei. Dass wir nur so tun sollten, als ob.

»Glaubst du etwa, dass die Russen das schecken?«, fragte Arne mit listiger Miene. »Die glauben doch, dass das hier echte Stimmzettel sind, und ich krieg dafür echte Geldzettel!«

»Echt genial, du Erbsenkopf!«, sagte ich. »Wenn du willst, dass die russische Mafia für immer hinter dir her ist, dann bitte sehr!«

Arne hatte auch daran gedacht. Er würde den Russen nicht verraten, dass er Arne Nordin heißt. Er würde sagen, dass er Bert Ljung heißt. Ich packte Arne im Würgegriff am Hals und ließ ihn erst los, nachdem er alle Stimmzettel in der Klasse verteilt hatte.

Die Wahl war babyleicht. Man brauchte den Stimmzettel der Sozis bloß in einen Umschlag zu stecken und abzugeben.

»Sozis?«, sagte Arne erstaunt. »Willst du die Sozis wählen?«

»Ja, was denn sonst?«, fragte ich genauso erstaunt.

Da erzählte Arne mir was ganz Unglaubliches. Er erzählte mir, dass es auch andere Parteien gibt. Anfangs konnte ich es nicht so recht glauben. Papa hat nie erwähnt, dass es auch andere Parteien gibt. Aber als Arne mir die Stimmzettel der Liberalen, der Volkspartei, der Linkspartei, der

Zentrumspartei, der Grünen, der Neuen Demokratie und der Arne-Partei zeigte, begriff ich, dass es doch nicht so einfach war, die richtige Partei zu wählen. Man sollte also nicht bloß den Stimmzettel der Sozis in einen Umschlag stecken und abgeben. Man konnte tatsächlich *wählen*, wen man selbst wollte. Das war eine ungeheuer spannende Entwicklung der Dinge. Das einzig Dumme war, dass ich keinen blassen Schimmer davon hatte, was die einzelnen Parteien wollten und was sie zu bieten hatten. Zwei bis drei Minuten standen mir zur Verfügung um mich darüber zu informieren, was für Programme sie vertraten. Das klappte nicht besonders gut.

Björna versuchte mich dazu zu überreden, die Liberalen zu wählen, Alfredo Panatta dazu, die Volkspartei zu wählen, Christoffer dazu, die Zentrumspartei zu wählen, Rut versuchte mich für die Frauenpartei zu gewinnen, Pia für die Linkspartei, Berra Karlsson wollte, dass ich die Neue Demokratie wähle, Allan wollte, dass ich an meiner Entscheidung für die Sozis festhielt, und Arne zwang mich die Arne-Partei zu wählen. Damit hatte ich einen Diktator gewählt – Arne »Mussolini« Nordin.

Jetzt hinterher hab ich ziemlich viel über die verschiedenen Parteien nachgedacht. Wie können die Parteien überhaupt auseinander halten, welche Partei was vertritt? Alle versprechen, dass es allen besser gehen wird. Aber wie kann es allen besser gehen, wenn es niemandem schlechter geht? Und wenn es niemandem schlechter geht, muss es allen doch sowieso gut gehen, weil schon jemand dafür gesorgt hat, dass es allen besser geht als denen, denen es schlecht

FRAUEN AN DIE MACHT
ÅRNE Partei
Wählt GRÜN
BAUERN PARTEI
Sieg den SOZIS

geht, aber denen geht es dann ja auch besser als früher, wo es ihnen schlecht ging, oder?
Die einzige Partei, die versprach, dass es *einem* besser gehen würde, war die Arne-Nordin-Partei. Arne versprach, dass es ihm selbst besser gehen würde.
Das Ergebnis der Wahl erfahren wir in ein paar Tagen. Ich weiß nicht, wer gewinnt, und das spielt ja auch keine Rolle. Das Ganze ist ja bloß zur Übung und die meisten wählen sowieso die Partei, die ihre Eltern immer wählen. Keiner von uns weiß, was er eigentlich selbst vertritt.
Eines weiß ich aber auf jeden Fall, und zwar, welche Partei die letzte sein wird, mit nur zwei Stimmen. Eine von mir und eine von Arne.

Jetzt sitze ich an meinem Schreibtisch und überlege, ob ich mein ganzes Leben allein verbringen werde. Dieser Gedanke geht mir oft durch den Kopf. Vielleicht sollte ich nächstes Jahr heiraten? Wenn, dann will ich Gabriella aus der Siebten heiraten oder Anki Jönsson. Beide sehen besser aus als Mick Jagger. Ich selbst seh leider nicht besser aus als Mick Jagger. Mick Jagger hat bestimmt jede Menge Weiber, mindestens ein halbes Fußballstadion voll, obwohl er so ein gruftiger Opi aus der Steinzeit ist.

Gedicht des Tages:
In der Schule haben wir unsere Zukunft gewählt.
Arne und ich haben Arnes Zukunft gewählt.
Ist meine Zukunft dunkel oder hell,
das weiß ich nicht, drum heirat ich lieber schnell.

PS. Hab heut Morgen in der Zeitung von einem Mann gelesen, dem aus Versehen der Fuß an den Schädel festoperiert worden ist. Möcht zu gern wissen, wie das aussieht, wenn der seinen Sonntagsspaziergang macht.

Ein Verlust

Es war einmal ein Jüngling namens Bert Ljung, der interessierte sich ziemlich viel für Mädchen. Er hechelte gern hinter den Hübschesten her und überlegte, ob er bei ihnen Chancen hatte oder nicht. In seiner Fantasie hatte er meistens gute Chancen. Die Wirklichkeit sah anders aus. Eine grausame Wahrheit.

Besonders zwei Mädchen hatten das Interesse des Knaben erregt. Eine hieß Gabriella, war jedoch ein Kind, das in die Siebte ging. Es war verboten, etwas für sie zu empfinden. Dann war da Anki Jönsson, die wohnte seit Anbeginn der Zweiten im selben Haus wie der junge Herr Ljung. Anki vereinte in ein und derselben Person die reine Unschuld und den männermordenden Vamp. Wie das möglich war, weiß ich nicht. Aber der Unschulds-Vamp war immer munter und vergnügt und hatte stets Zeit für den jungen, sensiblen Knaben Bert.

Eines Tages. Irgendwann. Vielleicht gestern. Da hatte Anki ihr Dasein als Unschulds-Vamp beendet und war zum Vamp-ir geworden. Der junge, gut aussehende Knabe Bert

Ljung interessierte sie nicht mehr, ja, sie sah ihn nicht einmal an, als er sie fröhlich im Treppenhaus begrüßte. Der Knabe Bert war betrübt und fragte sich, was geschehen sein mochte. Das erfuhr er ein paar Minuten später. Anki hatte einen Typ.

Doch, das ist tatsächlich wahr, Tagebuch. Ich bin wieder einmal übergangen worden. Anki Jönsson, die als Ehefrau in mein Heim einziehen sollte, hat sich einen Freund zugelegt. Leider nicht mich. Einen anderen. Der Typ ist hässlich wie die Nacht und schafft es bestimmt nicht, Tango zu lernen. Ich dagegen würde innerhalb von drei Tagen Tango lernen, wenn Anki das wollte. Aber das will sie nicht. Garantiert will sie bloß mit dem potthässlichen Typ rumknutschen und Kinder von ihm kriegen. Und als ob das nicht genug wäre, heißt er auch noch Tompa. Tompa! Da faulen einem ja die Ohrmuscheln ab, wenn man das hört!

Wie kann Anki mich so enttäuschen? Was hab ich falsch gemacht? Sie muss doch wissen, dass ich in sie verliebt bin. Allerdings – ich bin ja in alle Mädchen auf der ganzen Welt verliebt, bin auf sämtliche Weiber scharf. Alle haben bei mir Chancen. Vielleicht sollte ich folgende Verzweiflungsanzeige aufgeben: IRGENDJEMAND GESUCHT. BIN FREI FÜR EHE UND HAUS. ZUSCHRIFTEN AN DESPERADO-DANNY.

Wer weiß, vielleicht will Anki gar nicht mit diesem Typ zusammen sein? Vielleicht erpresst er sie mit irgendwas, das er weiß und das nicht ans Licht kommen darf. Bestimmt ist das der Fall. Ich muss der armen Anki helfen. Aber wie??

Manchmal überleg ich mir, ob ich später mal Hühneraugen kriegen werd. Kann mir zwar nicht vorstellen, warum ein Huhn seine Augen ausgerechnet für meine Füße opfern sollte, aber in meinem Leben ist alles möglich. Ein blindes Huhn findet auch mal einen Fuß, warum dann nicht meinen?

Die hiesige Abteilung für gezieltes Meckern, d. h. meine Mutter, kam vorhin in mein Zimmer und gab mir hundert Kronen und einen Termin beim Frisör. Sie verlangte, dass ich mir die Haare schneiden lasse.
Ich bedankte mich für das Geld und versprach, dass ich mir die Sache überlegen werde. Meine Mutter bedankte sich zurück, indem sie mir ein Paar Socken an die Birne pfefferte. Jetzt hab ich nicht nur lange Haare, jetzt riechen sie auch noch nach Käse. Ab heute bin ich garantiert unwiderstehlich!

Gedicht des Tages:
Anki ist aus meinem Leben verschwunden,
hat einen Affenmenschen gefunden.
Vielleicht heirat ich die Frida,
bloß wo find ich die da?
Sagt sie nein,
lass ich's eben sein.

PS. Hab vergessen Arne anzurufen und mich dafür zu bedanken, dass er vergessen hat, mich anzurufen. Hoffentlich ist er sauer. Dann kann ich ihn auslachen.

Eine gitarrenlose Rockgruppe

Ich spiele in einer Rockgruppe, die wird mal weltberühmt. Nachdem wir ein paar Milliönchen eingespielt haben, machen wir mit unseren scharfen weiblichen Fans eine Weltreise. HEMAN HUNTERS ist unser Name.

Seit gestern müssen wir den Kuchen mit einem weniger teilen.

Nicke kam in den Übungsraum und teilte mit, er habe es satt, dass wir nie ordentlich üben und nie irgendwo auftreten. Ich log, dass demnächst vier Auftritte auf uns warteten. Nicke sagte, diese Story hätte ich dieses Jahr schon dreimal aufgetischt. Ich lachte und sagte, es sei doch immer so nett, wenn wir zusammen übten. Kein Mensch kapierte, wovon ich sprach. Niemand konnte sich daran erinnern, dass es jemals nett gewesen war, wenn wir übten. Das brachte Arne auf die Idee, dass er auch aufhören könnte, was allerdings keine gefährliche Drohung war. Arne spielt so schlecht, dass alles nur besser klingen kann, wenn er nicht mehr mitspielt.

Am Abend führte ich ein psychologisches Gespräch mit Nicke. Ich bat ihn seine inneren Gefühle der Gruppe gegenüber zu äußern, und fragte, ob er irgendwann einmal ein Haustier gehabt hatte, das gestorben war.

Nicke schüttete mir sein Herz aus. Er sagte, dass er nicht über Gefühle reden wollte. Ich sagte, dass ich dafür Verständnis hätte. Dann spielten wir Poker und zogen uns einen Videofilm rein, der von einem griechischen Polizisten handelte, der in New York auf Streife war. Er klärte sämt-

liche Verbrechen auf, indem er den Gangstern Zorba-Tanz vortanzte. Da mussten die Schurken dann so lachen, dass man ihnen nur noch die Handschellen anzulegen brauchte.
Ich schlug Nicke vor, dass HEMAN HUNTERS vielleicht Zorba-Musik spielen könnte. Da erinnerte Nicke mich daran, dass er doch gar nicht mehr in der Gruppe mitspielt. Wir übrigen könnten von ihm aus Punk oder Walzer spielen, das sei ihm total Wurscht.
Ich erzählte, neun Mädchen hätten nach dem markanten Typ gefragt, der in unserer Gruppe Gitarre spielte.
»Wann denn?«, fragte Nicke neugierig.
»Ist doch egal, wo du jetzt sowieso nicht mehr bei uns mitspielst.«
Nicke beschloss rasch, dass er wieder bei den HEMAN HUNTERS mitspielt. HEMAN HUNTERS sind wieder komplett. Alles ist in Butter.

Gedicht des Tages:
Nicke wollte raus aus unsrer Gruppe.
Da hörte er von einer Puppe
und von weiteren acht.
Jetzt sagt er, dass er doch mitmacht.

PS. Ich überlege gerade, ob man einen Song über getrocknete Zwiebeln machen könnte. Getrocknete Zwiebeln schmecken echt gut, also könnte es ein Hit werden. Vielleicht kriegen wir dann einen Auftrag für die Werbung, den sie uns mit getrockneten Zwiebeln bezahlen. Das wär der totale Knüller.

Ein neuer Skandal

Als ich Arne und Erik erzählte, dass es mir gelungen war, Nickes Absprung zu verhindern, war ihre Reaktion ganz anders als erwartet. Anstatt vor Freude zu juchzen, wanden sie sich vor Verlegenheit. Ich fragte, was denn los sei. Da gestand Arne, dass er und Erik aufhören wollten.
Meine Birne begann vor Überraschung dermaßen zu rotieren, dass sie mir fast vom Hals geflogen wär.
»WAS???«, brüllte ich Arne ins Ohr und hoffte, dass er schwerhörig werden würde.
»Wir haben keine Lust mehr, immer dieselbe öde Musik zu machen«, erklärte Arne.
Am liebsten wär ich nach Hause gerannt um mich im Bett zu verkriechen und 16 Tränen zu vergießen. Was sollte ich jetzt tun? Dass Arne aufhört, ist egal, aber wenn Erik aufhört, haben wir keinen Schlagzeuger mehr. Und das wäre schade. Ich versuchte Arne und Erik zum Bleiben zu überreden. Immerhin hatte ich ja dafür gesorgt, dass Nicke zurückgekommen war. Das half nichts. Arne und Erik wollten eine Punkband bilden.

Vorhin hab ich mit Erik telefoniert. Er sagte, am liebsten wolle er Soul spielen, für Punk habe er eigentlich nichts übrig. Ich sagte, wir könnten gleich damit anfangen, Soul zu spielen, wenn er nur in unserer Gruppe bliebe. Das versprach er dann auch.
Plötzlich sieht alles viel hoffnungsvoller aus. Jetzt ist Arne der Einzige, der aufhören will, und das ist kein größerer

Verlust. Der hat ja sowieso nichts anderes im Kopf, als von Isabella zu träumen und mit Douglas Bomben zu basteln. Endlich können wir wieder eine richtig gute Gruppe werden.

Gedicht des Tages:
Die HEMAN HUNTERS spielen Rock, Soul und Pop.
Ihr Sänger Bert ist einfach top.
Was Arne macht, das wird ein Flop.

PS. Ich hab angefangen ein eigenes Soulstück zu schreiben. Es fängt so an: »Bopp-bopp-bapp-bapp. Yeah!«
Dann kommt ein schwieriger Basslauf und eine fetzige Schlagzeugbegleitung. Zu dumm, dass ich keine schwierigen Bassläufe spielen kann. Nächste Woche fange ich mit dem Üben an. Der Titel des Stücks ist »Du sitzt auf meiner Jacke, du Stinkstiefel!«.

Eine Epoche wird erneut zu Grabe getragen

Jetzt geb ich's endgültig auf. HEMAN HUNTERS ist schon wieder auseinander gebrochen. Diesmal ist es Nicke, der glaubt, wieder aufhören zu müssen. Und Arne will in die Gruppe zurückkehren. Totales Chaos.
Erik will Soul spielen, was keiner von uns kann. Arne will

Punk spielen und selbst den Lead übernehmen. Ich will Rock 'n' Roll mit einfachen Bassläufen spielen und selbst den dynamischen Gesangspart beisteuern. Nicke dagegen will lieber mit ein paar Gruftis Jazz spielen.
Als Nicke uns seinen Entschluss mitteilte, sagte ich, ich selbst hätte schon längst aufgehört. Diesmal wollte ich Erster sein. Erik protestierte, ich hätte doch versprochen, dass wir Soul spielen wollten. Ich sagte, meine alte Oma hätte mich darüber informiert, dass man vom Soulspielen Kribbelfinger und einen wunden Hintern bekommt. Da wollte Erik doch lieber Punk spielen. Er und Arne werden eine Gruppe bilden. Ich selber überlege, ob ich nicht ein paar brave Siebtklässlerlein als Begleitgruppe anheuern soll. Wir könnten uns BERT BAND nennen und ausschließlich Huldigungssongs auf einen jungen Mann mit flaumigem Kinn namens Bert singen. Und wenn das nicht hinhaut, werd ich Ganztags-Spanner.

Gedicht des Tages:
Alles ist aus,
das halt ich nicht aus.
Aus unserer Gruppe ist die Luft raus,
jetzt ist sie toter als eine tote Maus.

PS. Heute Morgen hab ich einen komischen Vogel gesehen, der war fast gelb. Mein Daddy behauptet, das sei ein Spatz gewesen, den jemand mit Farbe besprüht hat. Mama sagt, Papa hätte schon immer gut flunkern können. Das hab ich bestimmt geerbt.

Eine neue Gruppe

Hab eine neue Gruppe ins Leben gerufen. Aber eine leise Stimme in meinem Innern sagt mir, dass alles beim Alten geblieben ist.

Vor ein paar Tagen hatten alle die Gruppe verlassen. Ich benützte die Gelegenheit, um das Instrument zu wechseln, und begann Schlagzeug zu spielen. Arne spielte angeblich in einer Punkgruppe Bass.

Meine ersten Mitspieler waren drei Jüngelchen aus der Siebten. Sie hatten einen Song drauf, den sie ganz gut spielen konnten. Aber ich konnte das nicht. Also spielte ich was anderes. Es klang schaurig. Da haben sie mich gefeuert. Ich erklärte den Rotznasen, dass sie mich nicht feuern könnten, weil ich älter sei, und dann feuerte ich sie.

Dann begann ich mit einem Typ aus der 9 C zu üben. Der Typ heißt Allan und kann sämtliche Noten spielen, die es gibt. Er schlug vor, dass ich ein Stück im Sechsteltakt begleiten sollte. Ich erklärte scherzhaft, dass ich nicht bis sechs zählen könne. In Wirklichkeit wusste ich nicht, wie man einen Sechsteltakt spielt. Da hat Allan mich gefeuert. Und ich hab ihn natürlich auch sofort gefeuert.

Auf Umwegen ist mir zu Ohren gekommen, dass Arne aus seiner Punkband geflogen ist, weil er keine richtigen Stücke spielen wollte. Arne wollte Instrumente zertrümmern und als »Die Punks, die immer ihre Instrumente zertrümmern« berühmt werden. Niemand konnte es sich leisten, irgendwelche Instrumente zu zertrümmern. Also wurde Arne gefeuert.

Ich schluckte meinen bitteren Stolz und rief Arne an. Er behauptete, er sei überhaupt nicht gefeuert worden, sondern habe alle anderen gefeuert.
»Mir kannst du nichts vormachen«, sagte ich lachend.
Arne fragte, ob wir vielleicht irgendwann zusammen spielen könnten. Können wir, sagte ich.
Am nächsten Tag spielten wir zusammen. Ich saß am Schlagzeug, Arne spielte Bass, ein Typ namens Erik Ziehharmonika und ein langer Lulatsch spielte Synthi. Es klang ehrlich gesagt gar nicht so gut. Überhaupt nicht. Es klang echt zum Kotzen.
Da hatte der lange Lulatsch am Synthi eine gute Idee. Er schlug vor, dass wir alle unsere Instrumente tauschen sollten. Dann würden wir vielleicht besser spielen. Alle hielten das für einen prima Vorschlag. Ich durfte Bass spielen, Arne Synthi, der lange Lulatsch spielte Gitarre und der vierte Typ durfte sich ans Schlagzeug setzen. Das klang ehrlich gesagt gar nicht so schlecht. Ganz und gar nicht schlecht.
Da machte Arne eine fantastische Entdeckung. Er entdeckte, dass die HEMAN HUNTERS wieder auferstanden waren. Der lange Lulatsch war Nicke und der Typ am Schlagzeug kein Geringerer als Erik. Alle waren zu ihrer alten Gruppe zurückgekehrt. Allgemeiner Jubel.
Wir HEMAN HUNTERS gelobten ein weiteres Jahr der Musik zu widmen, erst dann würden wir entscheiden, wie wir weitermachen wollten. Die anderen verlangten als Erstes, dass ich einen Kurs für E-Bass besuchen sollte, weil ich so erbärmlich spielte. Da war ich echt baff. Wo ich doch

immer der Meinung gewesen war, besonders gut zu spielen. Ich versprach Besserung. Arne muss einen Synthi-Kurs besuchen. Diesem Vorschlag konnte ich nur Beifall spenden.
Dann spielten wir noch ein Stück und das klang echt gut. Im Refrain sang Erik die Oberstimme.
»Wo hast du das gelernt?«, fragte ich erstaunt.
»Hab ich schon immer gekonnt«, erklärte Erik.
»Was? Warum hast du nie was davon gesagt?«
»Weil niemand danach gefragt hat«, erklärte der Zwergenwüchsige hinterm Schlagzeug.
Ab jetzt sind wir eine richtige Rockgruppe, die richtige Stücke spielt und richtige Auftritte hat und richtige Oberstimmen singt. Das wird supermäßig gut!

Gedicht des Tages:
Wir machen wieder Musik, juhu!
Jetzt geben wir nie mehr Ruh.
Wir werden schöne Lieder singen
und allen Mädchen Ständchen bringen.

PS. Meine Mutter hat mit einem Rubbel-Los fünfzig Kronen gewonnen. Darüber hat sie sich so sehr gefreut, dass sie sofort eine Flasche Wein und ein Kleid gekauft hat. Durch dieses dusslige Los ist die Familie jetzt mit 450 Kronen in den Miesen.

Ein fürchterliches Erlebnis

Heute ist was passiert, ich hätte nie geglaubt, dass man so was erleben muss, wenn man erst fünfzehn ist. Was ganz Schlimmes.

Es war genauso öde wie immer in der Schule. Das Einzige, was sich von der üblichen Ödnis unterschied, war, dass Björna im Turnen nicht der Beste im Gewichtheben war. Er schaffte es nicht einmal, dasselbe Gewicht hochzuheben wie Arne. Alle glaubten, Björna würde nur einen Witz machen. Das machte er aber nicht. Er sah müde und mitgenommen aus, als hätte er seit vielen Tagen nicht geschlafen. Er hatte geschwollene Augen und das sah ziemlich komisch aus. Ich frotzelte ihn und fragte, wie viele hundert Videofilme er sich im Lauf der Nacht reingezogen hätte, weil seine Augen so krebsgeschwollen seien. Alle lachten. Alle bis auf Björna. Björna hat nämlich Krebs. Das ist tatsächlich wahr, Tagebuch.
Björna ist vor einer Woche beim Arzt gewesen und hat sich untersuchen lassen. Gestern hat er den Bescheid gekriegt, dass er Krebs hat. Er hatte die ganze Nacht nicht geschlafen. Das war auch der Grund, warum er so geschwollene Augen hatte. Ich fühlte mich wie der hinterletzte Vollidiot, weil ich über etwas so Ernstes Witze gerissen hatte. Am liebsten hätte ich mich bis zum letzten Schultag beurlauben lassen.
Ich wusste nicht, was ich Björna sagen sollte. Also, ich meine, was sagt man schon einem Typ, der Krebs hat? Sagt

man »Mensch, das ist aber blöd. Kommste nachher mit zu McDonald's?« Oder sagt man »Oh, du Ärmster, darf ich dein Fahrrad erben?« Nö, das wär weder komisch noch tröstlich. Aber irgendetwas sagte mir, dass ich nicht einfach so tun konnte, als ob nichts wäre. Man braucht ja bloß mal an sich selbst zu denken. Wenn ich jetzt plötzlich meinen Pimmel verlieren würde oder so. Da wär ich garantiert so fix und foxi, das wollte ich dann den anderen erzählen. Und wenn alle dann einfach so täten, als wäre nichts passiert, das wär echt fies. Ich wollte ein paar freundliche, wesentliche Dinge äußern und mich über den reichen Inhalt des Lebens auslassen und darüber, dass man den Augenblick nützen soll und dass das Leben ungerecht ist und all das. Daraus wurde:
»Äh... uh... wie??«
Das genügte. Björna kapierte, dass es mir nicht egal war. Er erzählte, sein Krebs könne mit Bestrahlung und Medikamenten geheilt werden und dass er wahrscheinlich einige Zeit im Krankenhaus verbringen müsse. Ich versprach, ihn jeden Tag zu besuchen und ihm die Hausaufgaben zu bringen und so. Als Dank drehte Björna mir die Nase um und boxte mich freundschaftlich in den Bauch. Ja, das macht man eben so als Junge. Da fällt man sich nicht um den Hals, wie das die Mädchen tun, wenn sie sich ihre Gefühle zeigen wollen.
Wenn man an Björna und seinen Krebs denkt, wird einem klar, wie gut man es hat. Vor ein paar Tagen war ich stinkesauer, weil HEMAN HUNTERS auseinander gebrochen war. Das ist doch gar nichts im Vergleich mit Björna.

Man kann eigentlich gar nicht froh genug darüber sein, wie gut es einem geht. Wenn man zum Beispiel an die Hungernden in Afrika denkt – auf manchen Fotos schaffen die es sogar noch zu lachen, obwohl sie hungern. Aber Arne, der lacht nicht, wenn es in der Schule was zu essen gibt, was ihm nicht passt. Dann beschuldigt er den Rektor und sagt, der Rektor wolle alle Schüler verhungern lassen. Der scheußliche Schulfraß würde lauter magersüchtige Schüler produzieren. Allerdings ist Arne ein schlechtes Beispiel, weil er ja echt einen Sprung in der Schüssel hat. Aber trotzdem.

Gedicht des Tages:
Unser Björna ist sehr krank.
Da freu ich mich lieber tagelang,
dass ich gesund und munter bin.
Was macht da schon ein Pickel her oder hin?
Wenn ich meckern will, halt ich lieber den Mund,
schließlich bin ich gesund.

PS. Ich wär gern so gelenkig, dass ich selbst checken könnte, ob ich auf dem Rücken Pestbeulen hab. Diese Möglichkeit sollte man mal testen. Vielleicht an Erik?

Der Fortbildungskurs

Hab ein ungewöhnliches Wochenende verbracht. Die HEMAN HUNTERS hatten mich zu einem Bass-Seminar in einem echten Hinterwäldlerkaff angemeldet. Das fand ich okay.

Gleich als ich dort ankam, hatte ich allerdings das Gefühl, dass ich nicht richtig dazu passte. Das war, als der Lehrer an alle Teilnehmer Noten verteilte. Ich kann keine Noten lesen. In meinen Augen sehen Noten aus wie normale Sätze, die in einen Orkan geraten sind.

Ich saß also da und fühlte, dass dies eine Katastrophe werden konnte. Da fiel mir eine gute Ausrede ein. Ich behauptete, ich sei ein cooler Typ, dessen Spezialität die Improvisation sei. Ich könne zwar Noten lesen, habe aber keine Lust dazu. Das widerspreche meinen religiösen Gefühlen, sagte ich.

Die anderen Teilnehmer guckten mich offensichtlich beeindruckt an. Dann sollten wir üben. Die Bassgitarren der anderen klangen wie diese Knatterbänder, die man früher am Fahrrad hatte, als man klein war. Ich selbst lachte heiser und zupfte ein paar coole, langsame Töne um zu beweisen, dass ich mich nicht aus der Ruhe bringen lasse. »Hab's nicht eilig«, sagte ich und pfiff falsch vor mich hin, denn das tun alle echten Jazzer. Der Lehrer wurde ein bisschen sauer, weil wir alle nach ein und demselben Prinzip üben sollten. Vom Improvisieren hielt er erst mal nichts.

»Cool, Mann«, sagte ich mit heiserer Stimme, steckte mir eine Fluppe ins Gesicht und machte ein paar Lungenzüge.

Dann hustete ich ganz abscheulich. Bestimmt haben die anderen gemerkt, dass ich es nicht gewohnt bin zu rauchen.
»Verflixte Schleimhäute«, versuchte ich zu bluffen. »Zehn Jahre Rauchen – da machen sich die Schleimhäute und die Lunge bemerkbar«, röchelte ich.
»Also gut, dann wollen wir jetzt mal nach diesen Noten spielen«, bestimmte der Lehrer.
Ein eisiger Wind zog mir den Rücken hinauf, packte meine Nackenhaare und zwirbelte sie siebenmal. Was nun?
Es gab nur eine Möglichkeit. Ich aß die Noten auf und zupfte ein paar coole, improvisierte Töne. Das Papier schmeckte nach gar nichts, nur leicht nach Druckerschwärze.
Der Lehrer kam zu mir her und wollte wissen, was ich eigentlich treibe. Ich antwortete lässig: »Das Leben ist ein Brei, den man noch vor Weihnachten sachte aufessen muss.«
Der Lehrer sah aus wie ein wandelndes Fragezeichen. Er begriff nicht, was ich meinte. Und das tat ich auch nicht. Aber schließlich konnte ich ja nicht gut mit der Wahrheit herausrücken. Ich konnte unmöglich zugeben, dass ich keine Noten lesen und auch nicht so gut spielen kann wie die anderen. Mir blieb nichts anderes übrig, als den »coolen Typ« zu erfinden.
Der Lehrer meinte, ich solle lieber gleich wieder heimfahren. Ich lachte heiser und fragte, ob er meine Fahrkarte nach Indien zahlen wolle, weil ich dort nämlich in einem Haus aus Pappkartons wohne.
Der Lehrer sagte, ich solle zusehen, dass ich wieder nach

Öreskoga zurückkomme, egal wie. Er wolle mich auf jeden Fall nicht mehr sehen und ich sei ein erbärmlicher Feigling, weil ich nicht zugeben wollte, dass ich ein miserabler Bass-Gitarrist sei. Ich lachte und erkundigte mich, was für ein Gift er gefrühstückt hätte, weil er so ein scheußliches Mundwerk habe. Da trug der Lehrer mich aus dem Haus.

Ja, ja, Tagebuch. Vielleicht war das nicht gerade die feine Art von mir. Aber wenigstens bin ich aufrecht gefallen, oder wie man das nennt.

Als ich nach Hause fahren wollte, musste ich feststellen, dass ich kein Geld hatte. Ich hatte alles auf der Herreise für Reiseproviant ausgegeben. Was sollte ich jetzt tun? Da stand ich nun auf einer Landstraße mitten in der tiefsten Provinz, in der einen Hand einen Gitarrenkasten und in der anderen eine Reisetasche. Ich beschloss, etwas Neues auszuprobieren: per Anhalter zu fahren. Hat echt Spaß gemacht.

Anfangs träumte ich davon, dass ein Auto voller scharfer Weiber anhalten und mich abschleppen würde. Nachdem ich mit den Tussis in die Federn gehüpft wär, würden sie mich liebevoll nach Hause fahren. Aber so kam es nicht. Nach geraumer Zeit hielt ein Auto und ich rannte hin. Der Mann in dem Auto wollte aber nicht nach Öreskoga, er war nämlich auf dem Heimweg in die Türkei.

»Ach so«, sagte ich. »Da kann ich leider nicht mitkommen. Von der Türkei aus finde ich nicht zurück. Das wär ein zu großer Umweg.«

Der türkische Mann fuhr weiter.
Plötzlich hielt ein großer Audi mit einer deutschen Familie, die nach Öreskoga unterwegs war um Freunde zu besuchen. Ich durfte mitfahren, obwohl sie gar keinen Platz für mich hatten. Auf dem Vordersitz saß eine dicke Frau und las Zeitung. Ihr schien alles egal zu sein. Am Lenkrad saß ein Mann, der sehr gestresst wirkte. Er versuchte seine Kinder zu beruhigen, was aber nicht klappte. Die Kinder waren zu dritt. Das älteste war ein Mädchen. Es war ungefähr dreizehn, kaute Kaugummi und haute ihren beiden kleinen Brüdern immer mal wieder eine runter. Die Brüder rauften ununterbrochen und schmierten einander das Gesicht voll mit Filzstiftfarben.
Als ich hinten einstieg, musste der kleinere beim größeren Bruder auf dem Schoß sitzen. Das war keine besonders gute Lösung. Sie hopsten so wild aufeinander herum, dass das ganze Auto wackelte. Der Vater am Steuer brüllte irgendwas auf Deutsch und plötzlich hielten die Kinder die Klappe. Während der ganzen weiteren Fahrt waren sie mucksmäuschenstill. Als der deutsche Familienvater mich schließlich am Marktplatz absetzte, fragte er mich, ob ich wissen wolle, wie er seine schreienden Kinder zur Ruhe gebracht hätte. Das wollte ich. Er erzählte, er habe ihnen mit mir gedroht.
»Mit mir?«, fragte ich erstaunt.
»Ja, ich hab behauptet, du wärst der Vetter vom Weihnachtsmann, unterwegs auf Kontrollreise um festzustellen, welche Kinder brav seien. Und das hat bestens geklappt.«

Ich lachte. Wirklich eine gute Story. Meine eigene Story über meine musikalischen Fähigkeiten war vielleicht nicht ganz so gut gewesen.
Ich bedankte mich bei der deutschen Familie und versprach, die Kinder im Lauf des Jahres noch ein paarmal insgeheim zu kontrollieren. Das übersetzte der Vater seinen Kindern voller Begeisterung.
Es tut gut, wenn man Mitmenschen in Not ab und zu behilflich sein kann.

Gedicht des Tages:
Bin kein guter Gitarrist,
was ich spiele, das ist Mist.
Im Lügen dagegen bin ich Meister,
trotzdem wurde alles Scheibenkleister.
Der Deutsche war lustig und nett,
seine Frau nur fett.

PS. 1: Möchte zu gern wissen, ob es erlaubt ist, junge Mädchen anzurufen, die zum Beispiel in die Siebte gehen und die zum Beispiel Gabriella oder ähnlich heißen, und sich mit ihnen über Sex zu unterhalten. Vielleicht sollte ich das einfach versuchen?

PS. 2: Möchte zu gern wissen, wie es Björna geht. Aber eigentlich ist das idiotisch von mir. Ist doch klar, dass es ihm beschissen geht. Bald muss er zur Behandlung ins Krankenhaus. Dann besuch ich ihn.

Ein schimmeliger Tag

Unsere Schule ist berühmt geworden. Das hat die Reporterin vom Regionalfernsehen mitgeteilt. Sie wollte nämlich herkommen und eine Reportage über uns machen. Der Rektor fragte, warum die Beckaschule denn berühmt geworden sei. Auf welchem Gebiet. Die Fernsehreporterin antwortete nicht, sondern gratulierte bloß zum ersten Platz. Unser Rektor wurde lyrisch und hielt eine Rede über die Schullautsprecher. Er sagte, die unerhörte, erfolgreiche Entwicklung der Schule sei jetzt endlich von der Umwelt wahrgenommen worden. Wir Schüler sollten dankbar sein, dass wir unsere Tage in der Beckaschule verbringen durften, in jener Schule, die den ersten Preis gewonnen hatte. Danach brach der Rektor in Tränen aus und begann die Nationalhymne zu summen.
Sämtliche Schüler hüpften und jubelten während der Pause. Wir hatten die Goldmedaille gewonnen. Das Fernsehen war unterwegs, und der Rektor hatte allen Schülern eine Freistunde gegeben, damit die Lehrer eine wichtige Konferenz im Lehrerzimmer halten und über den neuen nationalen Status der Schule diskutieren konnten. Bestimmt war es eine sehr wichtige Konferenz. Ich sah zwei Laufburschen mit Platten voller kaltem Aufschnitt im Lehrerzimmer verschwinden. Dann fuhr ein Lastwagen mit der Aufschrift »Löwenbräu« vor. Das war garantiert das deutsche Fernsehen, das bereits von unserem ersten Platz erfahren hatte.
Nach Ende der Freistunde sollte sich die ganze Schule auf

dem Schulhof aufstellen um das Regionalfernsehen zu begrüßen, das uns die Goldmedaille bringen würde.
Das Regionalfernsehen kam. Der Rektor ging der Reporterin grinsend entgegen. Ich überlegte, wo ich meine Goldmedaille hinhängen sollte. Arne flüsterte mir ins Ohr, er wolle seine einschmelzen und eine Goldkugel daraus machen, für den Fall, dass er bei okkulten Mächten in Ungnade fiel.
Die Fernsehdame sah leicht geschockt aus, als sie feststellte, dass sie von der ganzen Schule erwartet wurde.
»Willkommen, willkommen, meine Teuerste«, sagte der Rektor einschmeichelnd und hätte die Reporterin am liebsten huckepack genommen um mit ihr ein paar Ehrenrunden um die Raucherecke zu drehen.
»Äh... gratuliere zum ersten Preis«, murmelte die Fernsehdame mit flackerndem Blick.
Da brach der Jubel aus. Der Hausmeister hisste die Fahne. Der Rektor strahlte übers ganze Gesicht.
»Danke, danke, Verehrteste. Besten Dank. Aber wofür haben wir nun eigentlich den ersten Preis gewonnen?«
»Also«, sagte die Reporterin und starrte dem Rektor ins Gesicht. »Die Beckaschule ist die Schule mit der weitaus größten Schimmelbelastung in ganz Schweden. Gratuliere. Vermutlich verbirgt sich hinter diesen Wänden mehr Schimmel als Backstein.«
Das Fest erstarb.
Wir hatten den ersten Platz in der Schimmel-Hitparade gewonnen. Verdammt komisch. Kein Wunder, dass man Probleme mit den Pickeln hat und sie nie loswird, trotz aller

Pickelbekämpfungsmittel. Was ich im Gesicht hab, ist ja Schimmel. Und kein Wunder, dass Björna Krebs gekriegt hat. Wer kann in einem Schimmelkäse schon gesund bleiben?
Diese Woche haben wir täglich Besuch von den Gesundheitsbehörden gehabt. Und von der Lehrergewerkschaft, die ihren Mitgliedern, den Lehrern also, verboten hat hier zu arbeiten. Wir Schüler haben verlangt, dass der Gewerkschaftler auch uns das Arbeiten verbietet. Da hat er bloß munter gelacht und uns mit seiner gewerkschaftlichen Hand den Kopf getätschelt. Dann sagte er, dass er uns Schüler leider nicht vertritt. Aber wenn wir das tatsächlich wünschten, hätte er Mitgliedsanträge in seiner Aktentasche dabei.
Wir weigerten uns zwei Tage lang, in die Schule zu gehen. Der Einzige, der blieb, war Arne. Er wusste, dass das Fernsehen eine neue Reportage über die inzwischen verlassene Schule machen würde. Arne hat einen echten Coup gelandet. Er verkleidete sich mit einer schimmeligen Maske, legte sich auf den Boden und schrie, er habe die Schimmelseuche. Es ist ihm tatsächlich gelungen, 12 Prozent der Landkreisbewohner in die Flucht zu schlagen.

Alles ist ein einziges Trauerspiel – der Herbst, der Schimmel, die Dunkelheit, die Liebe, Björna sowie meine Eltern. Diese beiden Schwachköpfe haben was absolut Abscheuliches vor, etwas Schlimmeres als Mord. Sie wollen Miniurlaub machen. Jeder für sich und woanders. Jetzt bin ich also eine Scheidungswaise. Auch gut. Dann fang ich lieber gleich an mit den Drogen und mit den Einbrüchen. Mein Alter will mit einem Freund auf die Insel Åland und meine Mutter mit ihrer Freundin nach Deutschland. Ich überlege, ob ich nicht auch eine Miniurlaubsreise machen soll. Da gibt es nur ein Problem. Ich will weder mit Arne noch mit Erik verreisen. Ich will nur mit Gabriella verreisen. Aber wie? Was soll ich tun, damit sie begreift, dass es mein höchster Wunsch ist, sie zu der Meinigen zu machen? Bald leg ich mich einfach nackt vor ihrem Haus auf die Straße. Wenn sie mich dann nicht sieht, bleibe ich liegen, bis die Brummis angekachelt kommen.

Gedicht des Tages:
Die Farbe Grün
lässt uns nicht unbedingt erblühn.
O Schimmel,
du Schimmel,
ich verfluche dich.

PS. Wir haben einen neuen Rektor.

Ein krankes Auge

Wir Brillenträger sind von zweierlei Heimsuchungen heimgesucht. Die erste Heimsuchung besteht darin, dass wir überhaupt von Anfang an eine Brille tragen müssen. Mit anderen Worten, wir werden in ein Leben hinter zwei durchsichtigen Gefängnissen gezwängt. Unsere Chancen bei den Weibern schrumpfen um 800 Prozent.
Die zweite Heimsuchung besteht darin, dass unsere kurzsichtigen, schwachen Augen sich nicht damit begnügen, schlecht zu sehen. Nein, sie beharren darauf, immer schlechter zu sehen. Unsere Blindheit nimmt von Jahr zu Jahr zu. Zum Schluss haben wir so dicke Brillengläser, dass die Augen klein wie Erbsen werden.
Papa hat mich gestern in sein Optikergeschäft gezwungen. Er bat mich, aber erst nach Ladenschluss zu kommen, damit seine Kunden nicht abgeschreckt würden. Als ich ihn lange genug gehasst hatte, erklärte ich, dass meine Augen sich seit letztem Jahr kein bisschen verschlechtert hätten. Mein Alter grinste und überprüfte meine Sehschärfe.
»Hoppla!«, sagte er und stellte »starke Gläser – 18 Prozent Blindenstock« auf seinem Optikercomputer ein. »Du siehst ja schlechter, als ich dachte!«
»Ich sehe keineswegs schlecht, gnädige Frau«, sagte ich und versuchte Papa zum Lachen zu bringen, in der Hoffnung, dass er dann vergessen würde, was er vorhatte.
»Ich hab alles in meinem Brillencomputer«, rief Papa triumphierend. »Letztes Jahr hast du die Stärke ›ziemlich schwache Gläser – 4 Prozent Blindenstock‹ gehabt. Deine

Blindenstock-Prozente haben um 14 Prozent zugenommen. Wenn du in diesem Tempo weitermachst, kriegst du zu deinem achtzehnten Geburtstag kein Auto, sondern einen Blindenhund.«

Papa lehnte sich an ein Brillengestell und kicherte vier Minuten lang. Dann setzte er neue Gläser in meine Brille ein. Wenn ich mit Papa im Optikergeschäft bin, will er mich jedes Mal dazu überreden, dass ich Optiker werden soll. Ich weigere mich. Hab nicht vor, mit meinen Händen an Brillen rumzufummeln. Ich möchte mit meinen Händen an Weibern rumfummeln.

»Das eine schließt das andere nicht aus«, meinte Papa. Mir war klar, dass Papa etwas über Weiber sagen wollte. Also über Mama.

»Also gut«, sagte ich. »Wer von euch zieht aus?«

Papa sah aus wie ein kurzsichtiges Fragezeichen. Dann wollte er wissen, wer denn wo ausziehen sollte?

»Mir ist doch klar, dass ihr euch scheiden lassen wollt. Wer zieht also aus?«

Niemand würde ausziehen. Sie wollen sich gar nicht scheiden lassen. Sie haben bloß vor, jeder für sich einen Miniurlaub zu machen, damit sie wieder aufeinander scharf sind, wenn sie nach Hause kommen.

»Mensch, hör auf«, sagte ich cool.

Mein Alter wollte wissen, wieso ich glaubte, dass sie sich scheiden lassen wollten.

»So halt«, sagte ich.

Dann wollte er wissen, ob ich irgendwelche Probleme mit mir herumtrage.

»Mensch, hör auf«, sagte ich und schluckte.
Papa klopfte mir kameradschaftlich auf die Schulter und erkundigte sich, wie ich es zur Zeit mit den Mädchen halte.
Ich antwortete nicht. Geht ihn doch nichts an.
Papa sah leicht beunruhigt aus, als ich nicht antwortete.
»Du interessierst dich doch hoffentlich noch für Mädchen, oder?«
Ich starrte ihn an.
»Wieso? Glaubst du, ich bin schwul?«
Da lachte Papa erleichtert.
»Haha, hähä. Nein, nein, nein. Absolut nicht. Wie kommst du denn darauf? Hihi, also ehrlich.«
Danach gingen der ältere Herr Ljung und der jüngere Herr Ljung hinaus und kauften sich je einen Hamburger. Papa gab mir die Hälfte von seinem, weil er sich in die Backe gebissen hatte.

Gedicht des Tages:
Mein Vater ist stark.
Meine Mutter ist schön.
Scheidung ist Quark.
Ich sag bloß: Ächz! Stöhn!

PS. Oma hat sich darüber beklagt, dass wir uns zur Zeit so selten sehen. Ich hab lachend geantwortet, dass ich keine Ahnung hab, wovon sie spricht. Dann hab ich behauptet, dass ich sie zwei Wochen lang täglich besucht hätte. »Arme Oma, hast dein Gedächtnis verloren.« Da hat Oma mir einen zärtlichen Klaps auf die Backe gegeben. Die Tante hat starke Griffel, das muss man ihr lassen.

Ein Lied verlängert das Leben

Heute Nachmittag haben Arne und ich Björna besucht. Wir hatten unsere selbst gebastelten Gitarren dabei, die wir aus zwei Nistkästchen gebaut hatten. Arne hatte das ehemalige Heim der Familie Spatz und ich das ehemalige Heim der Familie Bachstelze. Wir saßen im Aufenthaltsraum und spielten Björna die Hausaufgaben der vergangenen Woche vor. So fiel es Björna viel leichter, sich das alles zu merken. Alle Songs waren sehr komisch, bis auf die Mathesongs. Von den ewigen Gleichungen wurden die Texte ultraöd.
»Yeah, yeah! X mal 4 ist gleich was, oh, Baby!«, röhrten wir.
Björna lachte, bis ihm die Tränen kamen. Dann heulte er ein Weilchen. Und schließlich musste er darüber auch wieder lachen. Björna schämte sich, weil ihm die Haare ausgefallen sind.
Ich und Arne fühlten uns ziemlich blöd. Was sollten wir dazu sagen? Das Einzige, was uns einfiel, war, darüber Witze zu reißen.
»Du, Björna«, sagte Arne.
»Ja?«
»Eins musst du mir versprechen.«

Ich checkte null. Was war jetzt los?
»Also«, sagte Arne. »Versprich mir, dass du nie in eine Sauna für Riesen gehst!«
Weder ich noch Björna kapierten was.
»Nö, von mir aus«, sagte Björna verwirrt. »Und warum denn nicht?«
»Weil«, sagte Arne und konnte vor Lachen kaum sprechen. »Weil die Riesen dann glauben würden, sie hätten von der Hitze ihre Eichel verloren.«
Wir schnallten immer noch nichts.
»Kapiert ihr das denn nicht? Die müssen doch glauben, dass du, Björna, eine runtergefallene Eichel bist, weil du wie ein Pimmelkopf ohne Haare aussiehst!«
Arne lachte und lachte. Und wir lachten auch. Nicht, weil der Witz besonders komisch war. Nein, nein, wir lachten, weil Arne glaubt, dass er so irre komisch ist, und dabei ist er bloß tragisch.
Eine Schwester kam herein. »Gestatten«, sagte Björna und gab ihr die Hand. »Björna Pimmelkopf!«
Ich und Arne versteckten uns hinter unseren Nistkästen, während die Schwester Björna am Ohr zog.
Dann mussten wir mit dem neusten Schultratsch rausrücken. Arne erzählte, dass er schon fast bei Isabella gelandet sei. Ich verriet, dass Arne log. Ich erzählte, dass mindestens vier Weiber auf mich scharf seien. Arne verriet, dass das gelogen war. Arne und ich fingen an uns zu streiten. Björna wollte mehr über die Schule hören. Das ging nicht, weil ich und Arne so sehr damit beschäftigt waren, uns zu streiten.

Während Björna sein Abendessen bekam, versteckten wir uns unter seinem Bett. Als die Schwester gegangen war, krochen wir hervor und bettelten. Ich aß zwei Rote Bete und ein Stückchen Gulasch. Arne trank braune Soße aus Björnas Saftglas. Dann begann Björna uns mit Kartoffeln zu bombardieren. Das durfte er.
Zum Abschluss unseres Krankenhausbesuches sangen wir noch ein Lied. Es handelte von der Hausaufgabe in Geographie.

Jippiie, jippie, USA und Mississippi.
Bongo bongo, Afrika und Kongo.
Greta, Greta fuhr nach Kreta,
Iris und Dan fuhren nach Kasachstan.

Eine Ärztin kam herein und fragte, ob wir nicht auch die Intensivstation besuchen könnten. Dann lachte sie. Und Björna lachte auch.
Es heißt, Lachen sei gesund. Dann wird Björna bestimmt bald wieder gesund.

Gedicht des Tages:
Björna ist im Krankenhaus,
ihm fallen alle Haare aus.
Wir haben ihn gesehen,
es wird schon irgendwie gehen.

Eine Fanfare für Ove

Heute feiern wir. Wir feiern Ove. Mein lieber Lebensgefährte, Pflegesohn und Schildkröterich hat Geburtstag. Ich schätze sein Alter auf ungefähr vier Menschenjahre, das sind ungefähr fünfzehn Schildkrötenjahre. Also sind ich und mein Pflegesohn gleichaltrig.
Heute Morgen wollte ich Ove überraschen. Der alte Papi, mit anderen Worten ich, feierte *the hero turtle* auf überwältigend eindrucksvolle Weise. Ove bekam zwei Prisen getrocknete Würmer anstatt einer. Dann kippte ich zur Feier des Tages einen Schuss Schnaps ins Aquarium. »Trink schnell!«, rief ich Ove zu. »Sonst schmeckt's abgestanden!«

Die Miniurlaube meiner beiden Erzeuger sind zu Ende. Nach einer Stunde im Bus zur Fähre haben sie die Reise abgebrochen. Papa saß im Bus zur Fähre nach Åland und hatte Heimweh nach Mama. Mama saß im Bus zur Fähre nach Deutschland und hatte Heimweh nach Papa. Es endete damit, dass beide auf der Autobahn ausstiegen und mit je einem Taxi zu einem Motel bei Alingsås fuhren. Und dort sind sie jetzt immer noch. Heute Morgen haben sie angerufen und sich erkundigt, ob ich ein Brüderchen oder ein Schwesterchen will. Meine Eltern sind echt pervers, denken immer bloß an eine Sache, ich tu das nicht. Ich denke an sieben Sachen. An Sechs und Mädchen. Ha ha ha ha ha ha. Diesen Witz hab ich Oma erzählt. Sie hat gebrüllt vor Lachen und will ihn sich in ihr Gesangbuch schreiben.

Was meine Bimperchancen betrifft, krieg ich allmählich ernste Zweifel. Ich warte und warte. Aber bisher ist keine einzige Sexbombe aufgetaucht, um mich zu verführen. Und bisher bin ich auch nicht von den weiblichen Mitgliedern eines geheimen Bert-Fanclubs in ein geheimnisvolles Haus gezerrt worden. Gabriella scheint sich auch nicht besonders für mich zu interessieren. Ja, sie ahnt ja nicht einmal, dass ich mich für sie interessiere.

Arne behauptet, dass Isabella aus der 9 F ihn liebt. Er hat von ihrem Limobecher probieren dürfen.

»Wonach hat's geschmeckt?«, fragte ich.

»Wieso geschmeckt?«, fragte Arne erstaunt.

»Also, welchen Geschmack hat die Limo gehabt?«

Arne sagte, ich hätte eine echte Matschbirne. Er hatte doch nicht die Limo probieren dürfen, sondern den Becher, und der schmeckt ja auf jeden Fall nach Plastik.

Dann haben ich und Arne uns ein Weilchen gerauft. Das tun wir manchmal. Wenn man niemand zum Schmusen hat, muss man sich eben mit seinem Kumpel raufen. Das hilft wenigstens für ein paar Minuten.

Dann ist man wieder allein. Allein mit seinem Körper. Ja, oder mit Ove. Ove und ich, wir raufen nie. Unsere Freundschaft hat eine eher wissenschaftliche Basis. Er erzeugt Blasen im Aquarium und ich notiere die Anzahl in einem Heft.

Gedicht des Tages:
$4 \times 4 = 16$

PS. 1: Die Poesie fällt mir heute etwas schwer.

PS. 2: Erik rief vorhin an und fragte, ob ich am Wochenende mit ihm in einen Cowboyfilm gehen wollte. Ich lachte höhnisch über diesen Vorschlag und sagte, bedaure, ich schau mir nur Pornos an. Dann riss ich noch ein paar andere ähnlich gute Witze.

Ein Kinobesuch

Es ist ziemlich anstrengend, eine geheime Geliebte zu haben. Vor allem, wenn die geheime Geliebte nichts davon weiß. Gabriella! Wann soll ich mit ihr Kontakt aufnehmen? An und für sich hat sie mich ja schon geküsst. Das war im Frühjahr, als ich mich als Vertretungslehrer in ihre Klasse geschmuggelt hatte. Aber wahrscheinlich hat sie mich nicht aus Liebe geküsst, leider. Das hat sie bloß getan, um bei ihren Mitschülern Eindruck zu schinden. Damals ging sie noch in die Sechste, da ist man noch sehr kindisch. Ich glaube nicht, dass sie sich an den Kuss erinnert. An Sachen aus der frühen Kindheit erinnert man sich meistens nicht mehr. Das Einzige, woran ich mich erinnere, ist, als ich Schlittschuhlaufen gelernt hab. Da hab ich mir das Bein gebrochen.

Am Wochenende versuchte ich mich Gabriella zu nähern.

Ich wusste, dass sie vorhatte, mit einer Freundin ins Kino zu gehen. Ich wusste sogar, in welches Kino und wann. Das hatte Erik mir verraten. Er weiß alles über die Kinogewohnheiten anderer Leute, weil sein Vater Filmvorführer ist. Gabriella und ihre Freundin wollten einen schmalzigen Tanzfilm angucken, »True love with honeymoon«. Schon bei dem bloßen Titel wurde mir schlecht. Aber ich überwand meine Übelkeit und beschloss, mir zu fröhlichen US-Klängen etwas Liebe und Tanz zu Gemüte zu führen. Erik sorgte dafür, dass ich für dieselbe Vorstellung wie Gabriella eine Freikarte bekam. Und dann besorgte Erik mir noch einen Platz schräg hinter den beiden. Der Platz war genau auskalkuliert. Wenn Gabriella sich umdrehte und Emmy um Popcorn bat, war es möglich, dass sie mich zufällig erblickte. Dann würden Emmy und ich den Platz wechseln und ich würde ihr auch noch meine Popcorn schenken.

Leider, leider gibt es ein Exemplar des Erik-Menschen. Leider, leider kenne ich dieses Exemplar. Erik meinte es ja so gut. Er möchte mir so gern fünftausendprozentig helfen. Im Kino hat er das auch getan.

Erik besorgte mir eine Eintrittskarte. Gut. Erik besorgte mir einen Platz schräg hinter Gabriella. Gut. Erik besorgte mir kostenlos Popcorn. Gut. Erik vertrat seinen Vater als Filmvorführer. Gut. Erik besorgte den Film. Gut. Der von Erik besorgte Film war nicht »True love with honeymoon«, sondern ein norditalienischer Pornofilm von 1974. Ungut. Als das Publikum lauthals buh schrie, machte Erik das Licht an und rief mir in dem hell erleuchteten Kinosaal zu:

»Hallo, Bert! Du willst doch nur Porno sehen, wenn du ins Kino gehst! Bitte sehr, Kumpel!«
Ungut.
Alle drehten sich um und starrten den Wüstling an. Vor allem zwei guckten, was das Zeug hielt. Gabriella und Emmy. Was sollte ich tun? Ich glaube, ich hab das einzig Richtige getan – ich fing an zu lachen und stellte mich total überrascht.
»Ha ha ha. Verdammt komisch. Spitze, Erik. Ein echt cooles Geburtstagsgeschenk, aber ehrlich. Total irre, Mann. Juhu, ihr anderen. Wenn ihr wüsstet, wie meine Freunde mich reingelegt haben! Wow, echt cool. Ha ha ha ha!«
Ich habe einfach so getan, als wäre das Ganze eine witzige Geburtstagsüberraschung für mich. Dann rief ich, dass meine Geburtstagstorte daheim wahrscheinlich anbrannte und ich leider zischen müsse. Dann zischte ich.

Gedicht des Tages:
Kleiner Erik,
du mein Freund.
Kleiner Erik,
warum bist du mein Freund?

PS. Wann Björna wohl wieder in die Schule kommt? Das muss er nämlich. Er darf nicht sterben. Wenn er das tut, kann ich keine Rücksicht mehr nehmen, dann bring ich ihn um.

Ein nackter Freund

Am Wochenende überzogen dichte Bombenteppiche den Himmel. Ich und Arne waren zwei angeödete Fünfzehnjährige. Nirgends war was los, also mussten wir uns selbst was ausdenken. Das Einzige, was mir einfiel, wollte ich nicht unbedingt mit Arne machen. Das wollte ich lieber mit einem weiblichen Wesen machen.

Arne dagegen hatte eine gute Idee. Wir nahmen Ballons, füllten sie mit Wasser und warfen die Wasserbomben dann vom Balkon. Nach drei Bomben wurde es fad. Wir hatten kein anständiges Ziel. Da kam mein Nachbar, der olle Björkman, vorbei. Bevor ich Arne hindern konnte, hatte er Björkman eine Bombe vor die Füße geschleudert. Er traf daneben. Um die verfahrene Situation zu retten warf ich dem ollen Björkman eine Bombe auf den Schädel.

»Was zum Henker!«, brüllte der olle Björkman und schaute nach oben. Alles, was er sah, war eine Mietshausfassade mit zwei leeren Balkons. Der eine gehörte Tante Andersson, der andere uns. Ich und Arne hatten uns hingehockt und pressten uns ans Balkongeländer. Arne wollte dem Ganzen eine komische Note verleihen und gab einen lauten, deutlichen Rülpser von sich. Aus irgendeinem Grund rief der olle Björkman meinen Namen. Ich streckte den Kopf übers Geländer und tat erstaunt.

»Hallo, Herr Björkman! Hat die Tante Sie auch bombardiert? Mich hat sie vorhin mit einem Riesenwasserballon getroffen. Tante Andersson ist echt unmöglich, finden Sie nicht auch?«

Der olle Björkman sprintete achtzehn Treppenstufen hinauf und traf Arne und mich mit der flachen Hand.
»Besten Dank«, sagte Arne. »Könnten Sie mich auch mal kurz am Rücken kratzen? Da hab ich nämlich so viele lästige Pickel.«
Arne bekam noch einen Extraklaps auf die andere Backe.

Selbstverständlich zogen wir aus Björkmans Zurechtweisung unsere Lehre. Wir hörten damit auf, den Leuten Wasserbomben auf den Kopf zu werfen. Stattdessen verkrochen wir uns im Gebüsch und warfen sie den Leuten in den Rücken. Aber als fünf leckere Rücken angewandert kamen, ließen wir unsere Ballons auf den Boden fallen. Unter den Rücken saßen nämlich fünf lecker wackelnde Hinterteile und sowohl die Rücken als auch die Hinterteile saßen an fünf genauso leckeren Weibern. An jeder je eins von jeder Sorte. Ein Glück, dass nicht eine zwei Rücken hatte und eine andere drei Hintern oder so was…
Ja, ja, schon gut. Auf jeden Fall waren die Weiber zu Olle Collins Wohnung unterwegs. Olle Collin ist mein Nachbar von gegenüber. Die Weiber waren so zwischen 20 und 30, geschminkt und unternehmungslustig. Völlig unbegreiflich, was die bei Olle Collin zu suchen hatten. Arne und ich linsten heimlich zur Wohnungstür hinaus, als die Weiber bei Olle läuteten. Olle öffnete, und da sahen wir, dass bei ihm eine Fete im Gang war.
»Wow! Da müssen wir hin«, sagte Arne und behauptete, einen bombensicheren Plan zu haben.

»Als Erstes zerhacken wir die Tür mit dem Beil, dann erschießen wir sämtliche Jungs, dann verbrennen wir alle Möbel bis aufs Bett und dann wälzen wir uns mit den Tussis in dem einzigen Möbelstück, das noch übrig ist.«
Ich bat Arne, bei der Klapsmühlenambulanz anzurufen und um eine starke Dosis Beruhigungstabletten zu bitten.
Arnes Plan befolgten wir nicht, dafür befolgten wir meinen, der war nämlich besser und sah folgendermaßen aus: Arne und ich wuschen uns unter den Armen, dann zogen wir Papas Ausgehkleider an, nahmen eine leere Kaffeetasse und läuteten an Olle Collins Tür. Als Olle aufmachte, fragten wir, ob wir eine Tasse Zucker ausleihen dürften, weil wir gerade Zwiebelkuchen backten. Und dann sahen wir zufällig, dass eine Fete im Gang war.
»Oh, bei dir ist wohl eine Fete in Gang«, sagten wir sehr erstaunt.
»Klar! Kommt rein, Jungs! Hier geht's lustig zu!«, sagte Olle, der ein bisschen beduselt wirkte.
Plötzlich befanden wir uns also mittendrin im Ort der Glückseligkeit. Es wimmelte von reifen Frauen um die zwanzig. Unsere einzige Chance Eindruck zu schinden bestand darin, intellektuelles Gequassel von uns zu geben, das war uns gleich klar.
Ich begann einer jungen Schönheit meine seelischen Probleme mit meinem Schildkröterich Ove zu schildern. Sie hörte mir atemlos zu. Arne sass schweigsam und steif daneben. Er musste noch überlegen, was er sagen sollte, um interessant zu wirken. Plötzlich erhellten sich seine Züge

und er flüsterte mir zu, ihm sei jetzt eingefallen, wie man das Interesse der Damen erregt. Also glitt er zu einer besonders leckeren Schnecke hin und klopfte ihr leicht auf die Schulter. Als sie sich umdrehte, sagte Arne mit cooler Stimme:

»Würdest du mich gern nackt sehen?«

Alles wurde still. Alle Augen starrten Arne ein paar Sekunden lang an, dann wurde das Haus von einem Erdbeben erschüttert. Die Ursache des Erdbebens war eine Festgesellschaft, die vor Lachen brüllte.

Arne tut mir ehrlich Leid. Eigentlich müsste er irgendwo einen kostenlosen Kurs machen dürfen, wo man lernt sich höflich mit Weibern zu unterhalten, und wo man ein paar liebenswürdige Phrasen pauken muss.

Nach dem gescheiterten Annäherungsversuch brauchte Arne etwas Erfrischendes für die Kehle. Als er auf dem Couchtisch ein Glas Coca-Cola erblickte, schnappte er es sich und kippte es sicherheitshalber innerhalb von drei Sekunden runter. In dem Glas war aber kein Coca-Cola, sondern Schnaps mit einem Schuss Cola. Arnes Birne wurde noch matschiger als sonst. Dann musste er kübeln. Ihm wurde so schlecht, dass er einen lebenslänglichen Vertrag mit der Kloschüssel schloss und sie heiratete. Arne und die Kloschüssel diskutierten lautstark über das Leben im Besonderen und im Allgemeinen.

Da Arne total hilflos war, beeilte ich mich, alles Geld von ihm zurückzuverlangen, das er sich in den letzten fünfzehn Jahren von mir geliehen hat.

Doch dann tat mir der Kerl so Leid, dass ich ihn zu mir

rüberbrachte, auf mein Bett legte und ihn zudeckte. Arne wimmerte und piepste und rief nach seiner Mama, und da tat er mir noch mehr Leid, weil seine Mutter ja tot ist. Wahrscheinlich glaubte er irgendwo in seiner Übelkeit, er sei jetzt auch reif fürs Jenseits.

Meine Mutter jedoch ist alles andere als tot. Sie wurde stinkwütend auf Olle Collin, weil er zwei unschuldige Knäblein zu einem Trinkgelage eingeladen hatte. Sie ging zu ihm rüber um ein ernstes Wort mit ihm zu reden. Offensichtlich war sie ungewöhnlich wütend und redete sehr viele ernste Wörter mit ihm, sie kam nämlich erst um Viertel nach vier zurück und schrie »HOLLDRIOOH!!« und versuchte Papa zu wecken, weil sie noch tanzen gehen wollte.

Ich erklärte ihr, dass morgens um vier alle Discos geschlossen seien. Sie wollte aber unbedingt tanzen und zwang mich, bis Viertel nach sechs zu schmalziger Tanzmusik das Tanzbein zu schwingen.

Jetzt hab ich ehrlich genug, jetzt werd ich mich zur Fremdenlegion melden, dann kann ich in der Welt herumreisen und bleib für immer von Müttern und Weibern verschont. Allerdings würde mein Karlchen dann so vorderlastig werden, dass ich ständig unter Rückenschmerzen zu leiden hätte, und bei den Wartezeiten im heutigen Gesundheitswesen kriegt man ja nie eine Behandlung, das weiß ja jeder.

Gedicht des Tages:
Von einem Balkon
fiel ein Wasserballon.
Das machte tsching tschong.
Jetzt sag ich so long!

PS. Zwischen Gabriella und mir ist es aus. Das fühl ich im Sack. Er tut mir weh. Natürlich kann es auch die Prostata sein, die sich meldet. Aber dafür bin ich zu jung.

Der Herbstrummel

Zweimal im Jahr passiert in Öreskoga was Schönes. Das eine ist, wenn man in die Ferien fährt und den ganzen Schlamassel hinter sich lässt. Und das andere ist der Herbstrummel.
Der Herbstrummel ist ein Jahrmarkt mit Buden, Ponyreiten und Schlägereien.
Wir stromern meistens durch die Menge und ärgern die älteren Jungs, bis sie die Geduld verlieren und uns vor die Achterbahn werfen wollen. Dann rufen wir Björna zu Hilfe, der sich gern mit älteren Typen herumschlägt, weil wir Gleichaltrigen zu schwach für ihn sind.
Aber dieses Jahr war Björna beim Herbstrummel nicht dabei. Björna liegt nämlich im Krankenhaus und hat Krebs. Ich kapier das nicht. Ich kapier das einfach nicht.

Du fehlst uns, Björna. Vor allem jetzt, wo Herbstrummel ist. Diesmal hat es gar keinen rechten Spaß gemacht. Die älteren Jungs, die wir letztes Jahr geärgert hatten, wollten es uns dieses Jahr heimzahlen. Leider warst du nicht da, um uns zu verteidigen. Wir mussten ihnen Erik ausliefern, sonst hätten sie aus uns Mus gemacht. Erik fand das ganz okay. Er weiß, dass niemand ihm ein Haar krümmt, weil er allen Leid tut und er alle an einen Welpen erinnert. Niemand bringt es übers Herz, einen Welpen zu schlagen, Björna. Vor allem dann nicht, wenn der Welpe ihnen Geld gibt. Erik hat ihnen jede Menge Geld gegeben.
»Hab gar nicht gewusst, dass du so reich bist«, sagte Arne zu Erik, nachdem Erik sich von den Oldies freigekauft hatte.
»Bin ich auch nicht. Aber dafür bin ich clever.«
Dann zeigte Erik uns das Geld. Auf den Scheinen stand Ronen statt Kronen. 500 Ronen. Und da stand auch nicht Schwedische Reichsbank, sondern Wedische Scheichbank. Eriks Geld war schlicht und ergreifend Falschgeld. Anschließend mussten wir zwei Kilometer rennen, sonst hätten wir doch noch Prügel bezogen.
Auf dem Rummel gab es einen Boxball, auf den man draufhauen musste. Wenn man stark war, gab es Punkte, war man schwach, gab es Gelachter. Arne wollte, dass wir einen Stärketest durchziehen sollten. Erik erbot sich Linienrichter zu sein.
»Wieso Linienrichter«, fauchte Arne ihn an. »Wenn man auf einen Boxball haut, braucht man doch keinen Linienrichter!«

Da erbot Erik sich Balljunge zu sein. Er versprach den Boxball zu holen, falls jemand stark genug wäre, ihn davonzuhauen. Arne nahm Eriks Angebot an. Benny schlug als Erster. Er bekam 98 Punkte und landete bei »Jugendliche Kraft«. Arne schaffte 75 und landete bei »Schwächlicher Knabe«. Dann schlug ich zu. Ich wusste, dass ich gewinnen würde. Die Maximalstärke lag bei 400 Punkten und »Athletischer Supermann«.
Ich konzentrierte mich voll auf den Boxball. Jetzt konnten die anderen was erleben! Jetzt würde der Balljunge was zu tun bekommen. Als ich auf den Ball schlug, brüllte ich wie ein Ochse. Alle schrien begeistert, als sie mein Kraftgebrüll hörten. Dann kam das Ergebnis. Zwei Punkte und die Beurteilung »Furz«.
Gewonnen hat Hannu Vresi Määkku aus der 7 D. Er hat 390 Punkte geschafft und ist »Superstarker Muskelberg« geworden.
Der schwächliche Knabe und der mit der jugendlichen Kraft gratulierten dem superstarken Muskelberg zum Sieg.
Der Furz furzte sich selbst nach Hause.

Heut schreib ich kein Gedicht. Bin doch nicht blöd. Warum denn auch? Ein Furz kann schließlich nicht dichten, ja, nicht mal schreiben. Ja, nicht einmal denken. Ein Furz besteht bloß aus ein bisschen Luft. Stinkender Luft.

Gestern haben Papa, Mama und ich ein Spiel gespielt, ein Intelligenzspiel, wo man Punkte bekommt, wenn man eine gute Allgemeinbildung hat. Papa meinte, Mama und ich sollten lieber gleich passen. Nach zwei Runden wussten wir, wer der Obertorfkopf der Familie war – Papa. Er wusste nicht einmal, wo Frauen ihre Eierstöcke haben.

PS. 1: Gestern hat Anki Jönsson Oma besucht. So was Beknacktes! Wenn Anki schon jemand besucht, dann doch mich!

PS. 2: Hab aus Versehen eine Serviette gegessen. Hat gut geschmeckt.

Eine Ehemalige

Ich grüble. Für Fünfzehnjährige ist es wichtig, einfach dasitzen und grübeln zu dürfen. Über die eigene Hässlichkeit, die eigene Nacktheit, die eigenen Hausaufgaben und die eigene Unterhose, wenn man das begrübelnswert findet.
Ich grüble über eine gewisse junge Dame. Eine gewisse junge Dame namens Nadja Nilsson.
Erinnerst du dich an Nadja Nilsson, Tagebuch? Vom Ende der Fünften bis zum Fruhjahr in der Sechsten war sie meine Freundin. Bei ihr stimmt alles, bis auf drei Sachen: ihre fürchterlichen Rockerbrüder. Ick! Die sind vielleicht ickig!
Vorhin hab ich über das Wort ick! gegrübelt. Hab es noch nie gehört, aber auf Nadjas Brüder trifft es zu.
Im Sommer bin ich Nadja mal begegnet. Ihr und ihrem

Freund Boje Adelsmann. Wenn ich an den nur denke, muss ich ganz langsam meine Eingeweide auskotzen. Jetzt bin ich ihr wieder begegnet. Beim Herbstrummel. Im Zelt einer Wohltätigkeitslotterie der Aids-Delegation. Die Hauptgewinne waren 100 Kondome, die man dann irgendeinem Aidsprojekt stiften sollte.
In diesem Zelt inmitten der Kondome und der Aidsleute stieß ich zufällig auf Nadja Nilsson. Ich wollte schnell die Brille abnehmen um nicht sehen zu müssen, wie hübsch sie ist. Ich schaffte es nicht mehr rechtzeitig. Nadja kam zu mir her. Sie war alles, alles, alles andere als hässlich. Ich fühlte, wie mir Millionen blutrote Plättchen durch die Venen schossen. Nadja freute sich mich zu sehen. Wir unterhielten uns über lauter nette Sachen. Darüber, wie es uns ging, wie es in der Schule ging, wie das Wetter in den Ferien gewesen war und ob wir schon was in der Lotterie gewonnen hatten.
Plötzlich kam ihr Freund her. Boje Fatzke Adelsmann. Er wollte höflich sein und begrüßte mich. Das wollte ich auch.
Aber Nadja, das Lotteriegeschrei und das viele Herumgeaidse im Zelt hatten mich total durcheinander gebracht. Nachdem Boje gesagt hatte:
»Hallo Bert«,
sagte ich daher:
»Hallo, Aidsmann.«
Nadjas Mund wurde zu einer liegenden Eins. Ihr Freund war total vernichtet. Ich sagte einfach tschüs und peste gen Heimat.

Es hat keinen Sinn, sich über Versprecher den Kopf zu zerbrechen. Es hat auch keinen Sinn, über ehemalige Freundinnen nachzugrübeln, die mit Fatzkes namens Boje Aidsmann befreundet sind. Da ist man dann selbst schuld.

Bevor ich heute Morgen zur Schule lossauste, hat Björna angerufen. Wir haben ein Ratespiel gemacht, jeder musste Tierlaute nachahmen, die der andere erraten sollte. Als Björna eine Eule, die dringend aufs Klo musste, nachmachte, hab ich vor Lachen geheult. Dann diskutierten wir, ob Jane Fonda einen künstlichen Busen hat oder nicht.

Gedicht des Tages:
Eine alte Liebe
weckt immer noch Triebe.
Sie fährt mit Boje Honda,
und ich begnüge mich mit Jane Fonda.

PS. Hab gehört, dass der Mathelehrer der Siebten seiner Frau eine Schönheitsoperation geschenkt hat. Das wär das optimale Weihnachtsgeschenk für Oma.

Ein Irrer und ein Minimensch haben Geburtstag

Ich bin inzwischen ziemlich alt. Fünfzehneinhalb. Zwei meiner Freunde haben beinahe gleichzeitig Geburtstag. Sie werden bloß fünfzehn. Ha ha ha! Sind noch ziemlich jung.

Arne hat vier Tage vor Erik Geburtstag und darauf ist er mächtig stolz. Er hat Erik versprochen, dass er die ganzen Nächte vor Eriks Haus Moped fahren wird, bis Erik selbst Mopedgeburtstag hat. Ich selbst hab meine liebe Quickly jetzt schon so lange, dass es mir inzwischen sogar langweilig geworden ist, Moped zu fahren. Das kann Arne sich gar nicht vorstellen. Er sagt, dass er sein ganzes Leben ändern und ein hyperinteressierter Motorfan werden wird, der für den Rest seines Lebens nur noch an Motorteilen herumschraubt.

Als ich das hörte, hab ich mich rasch von Arne verabschiedet, ich interessiere mich nämlich nicht für Motoren. Die sind mir viel zu dreckig und ölig. Als ich mein Moped bekam, fand ich das zwar nicht, aber inzwischen hat sich das geändert. Arne darf von mir aus gern in seiner Garage hocken und an seinen öligen Muttern herumschrauben, dann kann ich solange seine zukünftige Freundin Isabella übernehmen. Ich hab Arne gesagt, dass ich sie ganz passabel finde.

»Von der lässt du gefälligst die Finger!«, sagte Arne ärgerlich.

»Was denn, was denn«, versetzte ich lässig. »Du wirst eh

keine Zeit für Weiber haben, wo du jetzt doch Ganztags-
mopedist wirst.«

Arne überlegte ein Weilchen. Dann erklärte er, dass er lieber Halbtagsmopedist wird, der den halben Tag an Motoren herumwerkelt und die andere Hälfte mit Isabella schmust.

»Gute Idee«, sagte ich. »Dann brauchst du jetzt bloß dafür zu sorgen, dass du ein Moped zum Geburtstag kriegst und Isabella deine Freundin wird.«

Ich weiß nicht, was unwahrscheinlicher ist.

Arne sagte, dass Hillevi, seine neue Mutter, ihm ein Moped schenken will. Das war natürlich reine Erfindung.

Erik hat keine Mopedprobleme, weil er schon im Frühjahr eins von einer alten Tante gekriegt hat. Also braucht er sich keins zu wünschen. Er wünscht sich ganz andere Sachen. Ein Auto, einen neuen Hut, einen Schlafanzug, einen Igel, einen polnischen Arbeiter und zwei hübsche unbekleidete Damen.

Ich lachte und wollte wissen, wozu er die Damen denn brauchte. Erik weiß ja sowieso nicht, was er mit ihnen anfangen soll. Er erklärte, dass er die Damen eingehend studieren wolle, um dann gewisse erotische Experimente mit ihnen durchzuführen. Ich grinste über die kleine Knalltüte. Aber mein Karlchen begann sich Gedanken darüber zu machen, wie es wäre, wenn man zwei unbekleidete Damen zu Hause im Bett hätte und erotische Experimente mit ihnen machen dürfte. Mein Karlchen schnellte hoch wie eine Stahlfeder und wollte noch mehr Informationen von Erik haben.

Erik sagte, nach seinem Geburtstag werde er weitere Informationen präsentieren. Ich glaube, ich werde Erik an seinem Geburtstag besuchen und ihm vielleicht in seinem Zimmer gratulieren. Mal sehen, was er für Geschenke bekommt.
Jetzt hör ich auf zu schreiben und verkrieche mich unter der Decke, um mir auszumalen, wie es wäre, die gleichen Geschenke wie Erik zu kriegen. Ich beneide ihn kein bisschen. Nur tausend Kilo.

Gedicht des Tages:
Arne kriegt ein scheußliches Moped,
und ich krieg eine schöne Nachricht:
Erik ist wie immer blöd
und will seine nackten Damen gar nicht.
Er schenkt sie mir zum Schmusen.
Jetzt seh ich lauter Busen.

PS. 1: Heute Nacht hab ich mir überlegt, ob man sich durch Beton hindurch bewegen kann, und wenn, ob das dann wehtut. Bestimmt gibt es jemand, der das ausprobiert hat. Wahrscheinlich tut ihm jetzt alles so weh, dass er nicht darüber reden kann, ob es wehgetan hat.

PS. 2: Gestern hat Björna angerufen und gefragt, warum alle seine Krankenschwestern Schlüpfer anhaben. Darauf wusste ich keine Antwort.

Und das soll ein Geburtstag sein?

Arne ist fünfzehn geworden. Mir tun alle Leid, die Ruhe und Frieden schätzen. In Öreskoga ist es damit jetzt ein für alle Mal aus und vorbei. Arne hat von Hillevi ein Moped gekriegt.

Wir haben Arne verpackte Kondome und chemische Pülverchen geschenkt und rechneten damit, dass er vor Freude überschnappen würde. Das tat er auch, zwei Minuten lang, dann kam Hillevi mit ihrer Mopedüberraschung. Arne verwandelte sich in einen Dreijährigen, hüpfte wie ein Känguru zu seinem gebrauchten, aber dennoch neuen Moped hinaus und streichelte es, als wäre es ein junger Hund. Dann sagte er, dass er eine Testrunde fahren wolle, kickte es in Gang und verschwand in einer Rauchwolke.

Nach vier Stunden war Arne immer noch nicht zurück. Wir, seine Gäste, saßen an seinem Geburtstagstisch und überlegten, was wir noch essen sollten. Die Torte und alle Kuchen hatten wir schon verdrückt, jetzt war nichts mehr übrig. Benny schlug vor, dass wir den Kühlschrank leer machen sollten. Dann wäre Arne ganz schön von den Socken, wenn er nach Hause käme. Aber keiner von uns schaffte es, noch mehr zu essen, also gingen wir.

Das war die doofste Geburtstagsfeier, die ich je erlebt hab. An und für sich war das zu erwarten gewesen, schließlich war es ja Arne, der Geburtstag hatte, aber trotzdem. Es war echt ätzend. Arne ist jetzt fünfzehn, benimmt sich aber, als wäre er sechs.

Gedicht des Tages:
Kein Arne kam zum Fest.
Wir futterten Torte und den Rest.
Arne ist jetzt fünfzehn,
das werd ich nie verstehn.
Auf seinem Moped wie ein Kind
furzt er durch die Stadt geschwind.

PS. Ab jetzt werd ich nur noch halbfette Margarine essen. Das ist gesünder und macht nicht so dick. Es ist höchste Zeit, dass ich auf mein Gewicht achte. Vorhin hab ich nämlich ein Doppelkinn gekriegt. Daran muss Arnes Torte schuld sein.

Klein-Bubis Geburtstag

Erik ist soeben fünfzehn geworden. Jetzt ist die Welt um ein Kind ärmer. Doch das stimmt nicht ganz. Erik ist und bleibt ein Kindskopf mit roten Ohren und zartem Knochengerüst. Er wird bestimmt nie erwachsen. Wenn ich später mal als Sechsunddreißigjähriger auf Welttournee bin, kann ich in meiner alten Heimatstadt eine Pause einlegen um die Schule zu besuchen, wo Erik immer noch in die Neunte geht.
Mit fünfzehn darf man Moped fahren und den Weibern Kinder machen. Ein Moped hat Erik schon. Das hat er im

Frühjahr von einer gemeinen alten Tante gekriegt. Die Tante war fies wie die Sünde. Ist doch klar, sonst hätt sie nämlich mir das Moped geschenkt. Das mit dem Kindermachen wird wahrscheinlich noch weitere 15 Jahre warten müssen, wie ich Erik kenne. Er befindet sich noch auf der Stufe, wo man sich gegenseitig haut, wenn man zeigen will, dass man verliebt ist. Wenn Erik die Mädchen haut, in die er verliebt ist, kriegt er meistens dermaßen eine verduppert, dass er ein paar Tage zu Hause bleiben und sich erholen muss.

Eriks Geburtstag war wie alle Jahre eine trostlose Angelegenheit. Es gab Wasser und Kekse, die sechs Monate im Schrank gelegen hatten. Als seine Mutter dazukam, fragte sie erstaunt, wo Erik die Torte und das gute Gebäck gelassen habe.

Erik wurde rot wie eine Tomate und versuchte sich herauszureden. Das gelang ihm nicht. Allen war natürlich klar, dass Erik die Torte und das Gebäck für sich hatte behalten und nichts davon hatte hergeben wollen. So ein Geizkragen!

Arne ist erst gar nicht zu Eriks Fest erschienen, er fuhr nur ein paarmal auf seinem frisch getrimmten Moped am Haus vorbei. Das Moped war mit einem Spezialmotor getrimmt, den Arne mit seinem total ausgeflippten Freund Douglas zusammengeschraubt hat. Offensichtlich hatten sie mehrere Teile eines Raketenmotors erwischt und an Arnes bedauernswertes Moped festgeschraubt. Bestimmt liegt Arnes Moped demnächst auf dem Mopedfriedhof, das heißt, hinten in der tiefsten Stelle des Sees. Dort werden viele

Mopeds beerdigt. Dann können die Besitzer sich vom Versicherungsgeld ein neues Moped kaufen. Das Einzige, was sie dafür tun müssen, ist, ein paar Tränen hervorzuquetschen und zu beteuern, dass ihr schönes Moped gestohlen worden ist.
Ich selbst bin nie in diese Lage gekommen, mein Moped ist schließlich mein Kumpel. Ich hätte das Gefühl einen Freund umzubringen, wenn ich es in den See werfen würde.
Nun zurück zu Eriks Festpleite. Widerstrebend rückte er mit der Torte heraus, die wir dann so schnell verschlangen, dass für Erik selbst nichts mehr übrig blieb. Rache schmeckt süß. Dann schenkten wir ihm ein paar verpackte Kondome und eine Strickmütze mit Ohrenklappen. Erik bedankte sich, indem er sofort auf die Wolle in der Mütze allergisch reagierte. Dann bekam er ein Geschenk von seinen Eltern. Ich war neugierig, ob es das Geschenk war, von dem Erik schon gesprochen hatte – diese beiden unbekleideten Damen für erotische Experimente. Mein Frecher Fritz war auch schon sehr neugierig auf die Damen. Aber es waren keine Damen. Es war eine Videokamera.
Erik freute sich riesig und begann sofort, uns zu filmen. Dann sagte Eriks Vater, dass man auch einen Film in die Kamera einlegen könne, dann würde es noch besser klappen mit dem Filmen. Erik erklärte, er werde ab jetzt seine Zukunft darauf einrichten, Kameramann zu werden. Dann warf er uns alle raus, weil er das Anleitungsheft für den Intensivkurs lesen wollte.
Macht voll Spaß, wenn alle Freunde sich in Fanatiker ver-

XX-LARGE

wandeln, bloß weil sie fünfzehn werden. Arne ist Mopedfanatiker geworden, Erik Kamerafanatiker. Vielleicht sollte ich selbst Sex- und Schundfanatiker werden. Dann könnte ich hemmungslos mit den Mädchen Sex und Schund treiben. Vor allem mit Gabriella aus der Siebten oder mit Anki Jönsson.
Ich begreife nicht, warum ich immer nur an nackte Weiber denken muss. Obwohl ich es gar nicht will. Manchmal will ich an Tiere denken, die sich im Dschungel verirrt haben und mitten in der Stadt gelandet sind. Das geht einfach nicht! Dann muss ich nur an all die nackten Mädchen denken, die in der Stadt wohnen, in welche die Tiere sich verirrt haben. Verflixter Pornoschädel!!! Ich will an was anderes denken!!!

Gedicht des Tages:
Muss immerzu an Porno denken,
meine Gedanken auf Nacktes lenken.
Der Erik filmt sein Leben,
dem Motor gilt Arnes Streben.
Er und Erik sind Fanatiker,
selbst bin ich ein Pornografiker.

PS. Papa hat behauptet, man kann erkennen, was man für eine Krankheit hat, man braucht nur in die Augen zu schauen. Klingt ja total krank. Als ob man nicht selbst schon wüsste, was für eine Krankheit man hat. Ich glaub, Papa ist womöglich krank.

Ein Stück Filmgeschichte

Bin am Wochenende Filmstar gewesen. Wir haben Eriks neue Filmkamera eingeweiht.
Wir wollten mehrere Filme drehen um sie später auf dem internationalen Videomarkt zu verhökern. Arne zwang Erik, ihn zum Chefkameramann zu ernennen. Ich durfte Regisseur, Schauspieler, Drehbuchautor und Kameraassistent sein. Erik wurde Ausrufer. Er musste »Kamera Aufnahme!« und Ähnliches rufen. Nicke erhielt die ehrenvolle Aufgabe, unser Finanzier zu sein. Das hieß, dass er sein ganzes Taschengeld für leere Videofilme ausgeben musste.
Als Erstes drehten wir ein Rockvideo mit den HEMAN HUNTERS, einen Gewaltfilm von selten geschauter Brutalität. Arne brachte alle dazu, einander zu hassen und zu verprügeln. Während des ersten Songs rief Arne plötzlich, ich hätte gesehen, wie Nickes Vater mit einer anderen Frau herummolchte. Da wurde Nicke stinkesauer und wummerte mir eins auf den Schädel. Dann rief Arne, dass Nicke über Eriks abstehende Ohren Witze gerissen hätte. Also hat Erik Nicke eins gewummert. Arne filmte und provozierte eifrig weiter. Mir rief er zu, Erik hätte drei superscharfen Tussis, die sich für mich interessierten, Scheiß über mich erzählt. Ich wurde ganz wild und wummerte Erik eins auf den Schädel. Allgemeine Prügelei. Arne genoss es in vollen Zügen und filmte das Gemetzel. Doch dann machte er einen Fehler. Er versuchte sich einzumischen und Regie zu führen. Nicke sollte einen Luftsprung

machen und Erik mit dem Fuß eins an den Schädel wummern. Da kriegte Arne dreimal eins an den Schädel gewummert, je einmal von mir, von Nicke und von Erik.
Der Gewaltfilm nahm ein jähes Ende.
»ENDE DER AUFNAHME!«, rief Arne erschrocken aus.
Dann beschlossen wir einen richtigen Fernsehfilm zu drehen.
Ich wollte einen Film machen, in dem eine Wolldecke auf der Jagd nach einem Kopfkissenbezug aus der Vergangenheit sachte über einen Acker gleitet. Niemand kapierte, was ich mit dem Film meinte, also wurde ich freundlichst gebeten, meine Klappe zu halten. Nicke schlug einen Film über ein dreistündiges Gitarrensolo vor, das er laufend kommentieren würde. Wir baten Nicke nach Hause zu gehen und ein Beruhigungsmittel einzunehmen. Erik wollte sich gemütlich in eine Kissenlandschaft setzen und ein Märchen erzählen. Da setzten wir anderen uns ein Weilchen auf Erik. Arne behauptete, Porno sei das Einzige, was sich gut verkauft. Er wollte einen Wichserfilm machen, in dem alle Darsteller lachten. Leider gab es keine Mädchen, die mitgemacht hätten. Und welche zu fragen wagten wir nicht.
Da hatte ich eine Superidee: ein Sciencefiction-Film über ein Volk von einem anderen Planeten, das die Erde erobern wollte. Die Fremden würden wie Menschen aussehen, bis auf ihre riesigen Ohren. Erik sollte die Hauptrolle spielen.
»He! Was denn! So riesige Ohren hab ich doch gar nicht«, protestierte Erik.
»AAAHHH!!!«, schrien wir anderen und flohen voller Panik.

»Was soll der Scheiß! Machen wir lieber was anderes«, sagte Erik.
»AAAHHH!!! Verschwinde, du Monster von einem anderen Planeten«, schrie ich, und Arne filmte mein angstverzerrtes Gesicht in Großaufnahme.
»Hört mit dem Scheiß auf! Ich bin doch der Erik«, sagte das Monster mit den großen Ohren.
»AAHH!! Es hat unseren Freund Erik aufgefressen!! AAHHH!!!«, schrien wir normalen Menschen.
Da fing das Monster an zu heulen.
Arne und ich ließen uns rasch was anderes einfallen und inszenierten einen tragischen Film über einen Knaben, der keine Freunde hatte. Ich spielte die Rolle des zukünftigen Freundes und Kumpels. Ich trat zu Erik hin und sagte:
»Guten Tag, mein Kind, warum sitzest du denn hier und schluchzest, wo doch bald Weihnachten ist?«
Da wummerte Erik mir eins an den Schädel und innerhalb einer Minute drehten wir die perfekte Wiederholung unserer ersten Produktion, des Rockvideos.
Arne hat versprochen den ganzen Film zu bearbeiten, um ihn dann ans Fernsehen zu schicken und ihn als Fernseh-Serie zu verkaufen. Hoffentlich klappt das nicht. Ist bestimmt höllisch anstrengend, für all die hübschen Verehrerinnen Autogramme zu schreiben.

Möcht zu gern wissen, wann Arne den Film wohl abschickt...

Gedicht des Tages:
Meine Karriere vor optischen Linsen
geht in die Binsen
– vielleicht aber auch nicht.

PS. Dieses Jahr werd ich wahnsinnig viele Weihnachtsgeschenke kriegen. Das hat Lisa gesagt, als sie mir aus der Hand gelesen hat. Ich bedankte mich und teilte meinen werten Eltern diese Tatsache mit.

Ein singender Gentleman

Es gibt eine Person, die ist schöner als alle anderen Personen auf der Welt. Damit meine ich nicht mich selbst. Ich bin bloß ein klein wenig schöner als normal. Nein, ich meine Gabriella Einarsdotter. Ich schleiche mich so oft wie möglich in Gabriellas Nähe, kann das lebensgefährliche Spiel einfach nicht lassen. Gabriella singt auch noch schön. Sie singt im Schulchor, und das ist wohl das Hinterletzte, was man tun kann. Aber was erträgt man nicht alles für die Liebe?
Also hab ich mich im Chor angemeldet, streng geheim natürlich. Innerhalb von knapp acht Stunden wusste die ganze Schule, dass ich ein hoffnungsloser Goofy war. Benny ernannte mich zum Obergoofy, aber das war mir Wurscht. Hauptsache, ich durfte in Gabriellas Nähe sein.
Am liebsten hätte ich gar nicht mitgesungen, der Chor

probte nämlich keine einzige fetzige Hardrockballade, nein, wir mussten schwachsinnige Volkslieder trällern über Linden, wo wir uns finden, und Linden vor den Toren und so Zeug.

Plötzlich verkündete der Chorleiter, dass wir am Lucia-Tag singen würden. Mir wurde ganz heiß. Jetzt oder nie hatte ich die Chance für einen gemeinsamen Auftritt mit Gabriella.

Nach der Probe ging ich zum Chorleiter und sagte, ich könne mir als Abschluss der Luciafeier einen Spezialauftritt mit ein paar coolen Hardrockballaden vorstellen. Der Leiter sagte, er würde es sich bis zur nächsten Probe überlegen. Und das machte er auch, dieses Stinktier. Er hatte sich ein Solo für mich ausgedacht. Ich sollte *»Holla, du mein Winterland«* singen und dabei als Skifahrer mit Pelzmütze und gestrickten Fäustlingen verkleidet sein. Und jedes Mal, wenn ich »Holla« sang, musste ich die linke Hand hochstrecken und mit beiden Füßen einen halben Meter in die Luft springen.

Ich fiel auf der Stelle tot um.

Der Goofy Bert würde alle zukünftigen Möglichkeiten, je ein Mädchen kennen zu lernen, glatt abmurksen. Ich weigerte mich, den hirnrissigen Quark mitzumachen. Da sagte der Chorleiter, dann dürfe ich nicht mehr im Chor mitsingen, und das hätte ja bedeutet, dass ich nicht mehr in Gabriellas Nähe sein könnte. Also handelte ich mir stattdessen das Recht aus, noch eine weitere Person bei meinem Auftritt einzusetzen. Ich wusste sofort, wen ich zwingen würde. Erik.

Ich fragte Erik freundlich, ob er mitmachen wollte. Er weigerte sich. Ich fragte Erik unfreundlich, ob er mitmachen wollte. Er weigerte sich immer noch. Da griff ich zur Notlösung. Ich bestach Erik, damit er mitmachte. Das kostete mich 600 Kronen plus ein teures Weihnachtsgeschenk aus echtem Gold. Für dieses Schmiergeld darf ich Erik so benützen, wie ich will. Und weil es so teuer wurde, hab ich mir was richtig Passendes für den kleinen Giftzwerg ausgedacht. Er muss eine Damenpelzjacke, Netzstrümpfe, Lippenstift und eine rote Lockenperücke tragen. Außerdem muss Erik die bescheuerten Holla-Hopser übernehmen. Ansonsten braucht er bloß ruhig auf der Bühne zu stehen und mit irgendeinem supermännlichen Kerl im Zuschauerraum zu flirten. Jetzt muss ich nur noch Papa dazu bringen, die nötige Kohle für Eriks Bezahlung rauszuhusten.
Bisher hat Papa es erst einmal versucht, Geld rauszuhusten. Das war, nachdem ich ihn damit genervt hatte, dass er mir ein Spielzeugauto für 150 Kronen kaufen sollte. Schließlich fragte er, ob ich denn glaube, dass er Geld raushusten könne.
»Ja, versuch's doch mal«, sagte ich und grinste.
Und das tat er dann auch, aber das Einzige, was er raushustete, war ein Schleimbatzen, der davonflog und ein Spielzeugauto für 300 Kronen traf. Der Verkäufer zwang Papa es zu kaufen. Dadurch verdiente ich an dem Geschäft 150 Kronen.
Jetzt überlege ich, wie sich diese Sache wiederholen lässt. Wenn es nicht klappt, höre ich mit der Schule auf und schreibe Bücher mit lebensnahen Schilderungen von Schulchören, Vätern und Leuten, die Erik heißen.

Gedicht des Tages:
Liebeslieder singen ist nicht schlecht.
Aber mit Erik? – Ich weiß nicht recht.

PS. Heute morgen hab ich Spagetti zum Frühstück gegessen, weil die Marmelade alle war.

Ein menschenähnlicher Frosch

Alles ist öde Asche.
Meine geplante Romanze mit der minderjährigen Rosenknospe Gabriella, der Siebtklässlerin, ist abgesagt.
Wo ich extra im Schulchor mitgesungen hab, um in ihrer Nähe zu sein und alles. Folgendes ist passiert: Als wir das Lied von den Fröschchen probten, beugte Gabriella sich vor, um mir etwas zuzuflüstern. Ich wusste, dass dies der entscheidende Moment war. Gabriella, mein Honigtröpfchen, wollte mir sinnliche, romantische Geheimnisse ins Innerohr flüstern. Mein Ohr streckte sich Gabriellas Lippen entgegen und wartete auf die Worte. Da sagte sie:
»Bert, du siehst echt aus wie eine Kröte.«
Dann brüllte sie vor Lachen. Ich war vernichtet.
Ich, Bert Ljung, der sich in den Schulchor infiltriert hatte, um in Gabriellas Nähe zu sein, musste mir anhören, dass ich wie eine Kröte aussehe.
Und das ausgerechnet, während wir das Fröschchenlied

sangen. Ich schluchzte still vor mich hin. Als der Chor an die Stelle »Keine Öhrchen, keine Öhrchen, keine Schwänzchen haben die Fröschchen« kam, versagte mir die Stimme, weil mich das zu sehr an mein eigenes Aussehen erinnerte.
Als ich nach Hause kam, stellte ich mich nackt vor den Spiegel und musterte die Kröte Bert in allen Einzelheiten. Dann überlegte ich, was für akute Verbesserungsmöglichkeiten es für meinen Körper und mein Aussehen gab.

Maßnahme 1: Mich in stark ätzende Säure legen und mich vom Molekülstadium aus neu zusammensetzen.

Maßnahme 2: Ein 2 Kilo schweres Bleigewicht und eine Schnur kaufen, um mein kurzes Karlchen zu verlängern. Ich rechnete mir aus, dass ich mit jedem Pimmel-Klimmzug mindestens zwei Zentimeter zulegen würde.

Maßnahme 3: Mich so akzeptieren, wie ich bin.

Da Maßnahme 3 undenkbar war, blieben nur die beiden anderen. Aber es wollte mir einfach nicht gelingen, einen Knoten zu binden, der nicht abrutschte, also blieb nur noch Maßnahme 1, und dass es wahnsinnig schwierig ist, ein Säurebad aufzutreiben, weiß schließlich jeder.
Also waren mir alle drei Maßnahmen piepschnurzfurz, und ich leerte stattdessen den Kühlschrank, damit mein hungriger Papa keine Chance hatte, sich satt zu essen, wenn er aus seinem Optikerladen nach Hause kam.

Papa meckert und motzt wegen meiner zukünftigen Berufslaufbahn. Er findet immer noch, dass ich es schön finden soll, Optiker zu werden. Ich weiß nicht, ob ich finde, dass er finden soll, dass ich es schön finden soll, Optiker zu werden.
In einem Optikerladen Weiber anzumachen ist ja so gut wie unmöglich. Es sei denn, irgendjemand erfindet Körperbrillen, die man überall am Körper tragen kann und nicht nur vor den Augen. Dann würde ich den Mädchen tagaus, tagein nichts als Körperbrillen anpassen.

Gestern war ich in der Stadt um Weihnachtsgeschenke fürs Pack zu kaufen, also für Mama und Papa. Papa kriegt ein irre spannendes Videospiel, das er mir ausleihen kann, und Mama kriegt einen künstlerisch wertvollen Videofilm über Speedway-Rennen, den sie gemeinsam mit ihrem Sohn angucken kann. Für Arne hab ich auch ein schönes Geschenk gekauft – ein Buch über die seelischen Probleme der Frauen um die vierzig. Hoffentlich liest er es in einem Zug aus, ich möchte es nämlich gern ausleihen, wenn er damit fertig ist. Für Erik hab ich flüssiges Aspirin gekauft, Mickymaus-Pflaster, ein Mittel gegen Sodbrennen und Kohletabletten, damit er sich weiterhin seiner Freizeitbeschäftigung widmen kann – dem Vorsichhinkränkeln.
Mehr Weihnachtsgeschenke gibt es nicht. Doch, noch eins für Oma, natürlich. Eine Schönheitsoperation wird zu teuer, also muss sie sich mit einer Kassette mit den neuesten HEMAN-HUNTER-Songs begnügen. Die Songs heißen »Schmeiß das Geld ruhig für Weihnachtsklimbim raus, du

Bonze, während Afrikas Völker hungern« und »Der Irak hat Atomwaffen«.
Hoffentlich weiß Oma die Talente ihres Enkels zu schätzen. Sonst geh ich nämlich ins nächstbeste Pflegeheim und hol mir eine neue Oma.

Gedicht des Tages:
Meine Nase ist platt, meine Nase ist stumpf.
Ich bin eine Kröte und wälz mich im Sumpf.

PS. Björna geht es besser. Hurra.

Ein Krimineller

Heute ist Luciatag. Eigentlich total beknackt. Da feiert man eine Person, auf deren Kopf es lichterloh brennt. Wär doch vernünftiger, das Feuer zu löschen. Möchte nicht wissen, wie viele Lucias im Lauf der Jahre verbrannt sind.

Kurze Notiz über Arne Nordin:
Arne Nordin, hier A. N. genannt, hat seine kriminelle Laufbahn begonnen. A. N. besaß ein Moped. Er hatte lange sehnsüchtig darauf gewartet. Leider ertrug das Moped auf die Dauer keine Geschwindigkeiten über 110 Stundenkilometer. Daher streikte es und weigerte sich schließlich, schneller als mit atemberaubenden 22 Stundenkilometern

in die Kurve zu gehen. Dies wollte A. N. nicht akzeptieren. Er warf sein langsames Moped in den See.
Verbrechen 2: A. N. meldete sein Moped als gestohlen.
Verbrechen 3: A. N. weigerte sich zuzugeben, dass es sein Moped war, das die Polizei nach einer Stunde herausgefischt hatte.
Verbrechen 4: A. N. behauptete, sich nicht einmal daran zu erinnern, dass er sein Moped als gestohlen gemeldet hatte.
Verbrechen 5: A. N. behauptete, dass er nicht Arne Nordin heiße, sondern Mustafa Hassan und »in eurem schönen Land« politisches Asyl suche.
Und schließlich *Verbrechen 6:* Als A. N. von Sozialarbeitern zu seinem Vater nach Hause transportiert werden sollte, gelang es ihm auszubüchsen.
Jetzt ist Arne kriminell. Den Führerschein mit achtzehn kann er garantiert vergessen. Damit wird er warten müssen, bis er 52 wird oder so.
»Dann klau ich mir eben einen«, sagt Arne. Verbrechen Nr. 7 in Aussicht!
Ende der Notiz.

Gedicht des Tages:
Arnes Moped fuhr zu schnell.
Jetzt ist Arne kriminell.

PS. Ich hab heimlich beobachtet, dass Louise einen wohlgeformten Körper bekommt.

Auf dem Weg der Besserung

Heute hab ich Björna im Krankenhaus besucht. Er hat eine Strahlenbehandlung hinter sich und hat eine Glatze. Das sieht echt cool aus, passt irgendwie zu Björna. Ich würd damit total behämmert aussehen, weil meine Rübe an einen gequetschten Rugbyball erinnert.

Björna war müde und konnte nicht viel reden. Das machte nichts, weil ich umso mehr geredet hab. Ich erzählte von Arnes und Eriks verkorksten Geburtstagseinladungen und davon, dass die beiden jetzt Moped- und Kamerafanatiker sind. Björna musste so lachen, dass er im Bett nur so hüpfte. Ein anderer Junge, der auch bei Björna im Zimmer liegt, musste genauso lachen. Er heißt Jimmy und kann nicht sprechen, aber das macht nichts. Er hat über alles gelacht, was ich sagte. Versuchsweise sagte ich: »Es ist nicht empfehlenswert, mit dem Schraubenzieher in den Zähnen zu bohren.« Darüber musste Jimmy so heftig lachen, dass sein Bett wackelte. Dann kam eine Schwester und sagte, er solle gefälligst ruhig liegen.

Jimmy war echt gut drauf.

Björna wollte wissen, ob jemand in der Schule was über seine Abwesenheit gesagt hat. Ich behauptete, dass sämtliche Weiber in der Schule nach ihm gefragt hätten. Björna checkte natürlich, dass ich flunkerte, aber das spielte keine Rolle. Er lachte trotzdem und machte ein zufriedenes Gesicht.

Dann las ich aus einem Buch vor, über das Björna später für die Schule einen Bericht schreiben muss. So was Geistes-

schwaches wie dieses Buch! Es handelte von einem Mann, der in einer Waldhütte wohnte, Tannenzapfen hütete und lauter Zweige beiseite bog, damit die Rehe nicht darüber stolperten. Ich las mit piepsiger Stimme vor und machte dazu lauter Faxen. Das war bestimmt das komischste Buch, das Björna und Jimmy je gehört hatten.

Nach einer Weile kam eine Schwester herein und sagte, dass ich jetzt wohl lieber gehen solle. Es sei gut, dass Björna und Jimmy lachten, das beschleunige die Heilung, sagte sie. Aber zu viel dürfe es auch nicht werden. Dann würden sie ihre ganzen Kräfte weglachen, und das wäre ja schade.

Ich versprach, bald wieder einen Besuch zu machen und ihnen ein neues spannendes Buch vorzulesen. Björna bedankte sich und Jimmy lachte.

Lachen ist eine feine Sache. Davon wird man froh und gesund. Nur schade, dass man dabei so hässlich wird. Wenn ich lache, sehe ich aus wie eine zerknüllte Papiertüte, und mein Lachen klingt wie ein Motor, der nicht starten will. Aber wenn etwas richtig komisch ist, spielt das keine Rolle. Dann lache ich trotzdem.

Gedicht des Tages:
Björna und Jimmy mussten lachen.
Mit lauter blöden Sachen
konnte ich sie froh machen.

PS. Heute Nacht bin ich heimlich aufgestanden und hab im Fernsehen eine Sendung nur für Erwachsene angeguckt. Da kamen viele Nackedeis drin vor. Wahrscheinlich war das

Fernsehen pleite und konnte sich keine Kostüme für die Schauspieler leisten. Niemand hat mich dabei erwischt. Wenn Mama gekommen wäre, hätte ich behauptet, dass ich schlafwandle.

Ein brutaler Abend

Fast wär ich wegen meiner Herkunft umgebracht worden. Am Samstagabend hab ich an einer Anti-Rassismus-Demo teilgenommen, weil ich ja fast ein Ausländer bin. Bin Achtelrusse. Mein Urgroßvater hieß Iwan Liwanow und ist vor langer Zeit auf einer Planke an Gotlands Küste angetrieben worden.
Also, wir waren eine Gruppe junger Ausländer, die unternehmungslustig durch die Stadt zog. Unsere Gruppe bestand aus mir, Arne, Benny, Erik und Alfredo Panatta. Arnes Mutter ist ja tot und wohnt im Himmel. Daher ist sie keine Schwedin mehr, sondern Gottianin oder wie das heißt, und Arne ist logischerweise Halbgottian und Halbschwede. Benny ist Finnlandschwede, und Erik ist ja eine Bakterie und folglich weder Schwede, Norweger, Russe, Pole, Libanese oder sonst was, weil Viren und Bakterien zu den internationalen Tierarten zählen. Also ist Erik auch ein Ausländer.
Der Einzige, mit dem wir Probleme hatten, war Alfredo

Panatta. Alfredo kommt aus Sundsvall in Nordschweden. Aber wir ließen ihn trotzdem an der Demo teilnehmen, weil wir Ausländer ja schwedische Freunde brauchen, damit wir uns nicht zu sehr in unseren eigenen Kreisen isolieren.
Die Anti-Rassismus-Demo hat's voll gebracht. Zuerst war es *very boring* und *heavy stinking* öde in der Stadt. Dann schlug Arne vor, dass wir in eine Bar gehen und ein paar willige Chips aufreißen sollten. Wir stellten uns vor die Bar »Majken« und versuchten reinzukommen.
»Hahahaha!«, lachte der Typ am Eingang. »Klar doch, Jungs!«
»Was denn?«, fragten wir.
»Altersgrenze achtzehn, Boys. Nicht zwölf!« Der Typ grinste und zeigte auf Erik.
Da begann unsere Anti-Rassismus-Demo.
Wir schrien, das sei ja wohl der letzte Rassistentreff hier, wenn man uns den Zutritt verweigere. Bloß weil wir Achtelrussen, Gottianer und Bakterien seien, lasse man uns nicht herein.
Der Typ riss erstaunt den Mund auf.
»Ja, ja!«, sagte ich. »Versperr uns ruhig den Eingang!« Dann drohte ich damit, ein paar russische Divisionen in die Bar »Majken« zu schicken, die würden dann ganz schön aufräumen. Arne sprach im Namen seiner Mutter die Strafe Gottes aus. Benny würde den Typ beim finnischen Präsidenten anzeigen und Erik nieste ihn an. Der Typ wollte uns schon mit ein paar ungesetzlichen Kinnhaken umnieten, als er Alfredo erblickte, der ganz hinten gestanden hatte.

»Hallo, Alfredo«, sagte er plötzlich. »Sind diese Hirnamputierten deine Kumpels?«
»Klaro«, sagte Alfredo. »Dürfen wir rein und uns ein bisschen umschauen?«
Das durften wir. Der Typ war ein Schwager von Alfredos Vetter. Er ließ uns in die Bar »Majken« hinein. Allerdings mussten wir uns Azubi-Schildchen anheften, für den Fall, dass die Behörden eine Razzia machten. Dann durften wir mit reifen achtzehnjährigen Frauen tanzen. Erik blieb neben einem 32-jährigen Bierbauch sitzen, der ihn fragte, warum alle Frauen sich immer scheiden lassen wollten. Darauf hatte Erik keine Antwort. Ich dagegen hatte viele Antworten. Ich war ein glücklicher junger Mann, dessen Augen in Weiblichkeit badeten. Das war die beste Anti-Rassismus-Demo, die ich je erlebt hatte. Ein Glück, dass man waschechte Schweden aus Sundsvall kennt.

Gedicht des Tages:
Ob Tee, Kaffee oder Milch,
ein cooler Knilch bleibt ein cooler Knilch.

PS. Senf schmeckt verdammt gut. Seit neuestem tu ich mir Senf auf die Zahnbürste statt Zahncreme.

Enorme Bäuche

Rülps. Rülps. Rülps. Rülps. Rüüüülps.
Arne und ich haben ein Übungsessen für Weihnachten absolviert. Wir haben ausprobiert, wie viele Schinkenbrote wir futtern konnten, bevor wir anfingen nach Hintern zu riechen. Ziemlich eklig, mit Schweinehintern belegte Brote zu essen.
Also, das kam so: Ich und Arne hatten die große Ehre, von Oma zu einem vorweihnachtlichen Büfett ins Stadthotel eingeladen zu werden.
Oma drohte uns mit Höllenstrafen, falls wir uns nicht benähmen. Wir benahmen uns.
Als Erstes benahmen wir uns mit der Garderobenfrau im Stadthotel. Sie wollte die Gebühr sofort kassieren. Arne und ich weigerten uns.
»Bedaure, Gnädigste«, sagten wir. »Wir bezahlen nie etwas im Voraus.«
Die Garderobentante wurde stinkwütend. Da erbot Arne sich, mit Küssen zu bezahlen.
Sie erließ uns die Gebühr.
Im Speisesaal wimmelte es von Leckerbissen. Die Kleine an Tisch drei war süß. Die an Tisch vier und die beiden an Tisch acht waren pikant. Die an Tisch neun war zum Auffressen.
Auf dem Büfett stand das übliche schwedische Weihnachtsessen. Rote Äpfel, toter Fisch, verschiedene Formen von totem Fleisch, lebendiger Schimmelkäse und Schlops. Alles, was uns nicht schmeckte, war Schlops. Oma aß viel

Schlops. Eingemachten Schlops, Rote-Bete-Schlops, Essigschlops, Schlopssalat, gebackenen Schlops und so weiter. Ich und Arne wetteten, wie viele Gäste eingeweichten Stockfisch nehmen würden. Arne tippte auf sieben, ich tippte auf sechs. Ich gewann. Sechs irregeleitete Personen nahmen eingeweichten Stockfisch. Arne mogelte. Nach dem Endergebnis rannte er selbst ans Büfett und schaufelte ein paar Kilo Stockfisch in sich rein, und so wurden es doch sieben Schlopsesser.

Oma traf eine alte Bekannte, mit der sie stundenlang ratschte. Ich und Arne wetteten, welche von beiden als Erste ihr Gebiss rausratschen würde. Keiner wurde Sieger. Oma hat kein Gebiss. Die Wette war ungültig.

Als Arne und ich satt waren, wollten wir uns draußen in der Küche umsehen. Leider hatte das Personal etwas dagegen. Sie behaupteten, wir seien zu unhygienisch und sie würden mit der Aufsichtsbehörde Schwierigkeiten bekommen, wenn sie uns zu den frischen Lebensmitteln in die Küche ließen. Also blieb uns beiden Milben nichts anderes übrig, als vor der Küche herumzustehen und vor Wut zu dampfen. Nach einer Weile hörten wir damit auf, weil niemand unseren Dampf zur Kenntnis nahm.

Auf dem Heimweg fragte Oma mich, ob ich immer noch gläubig sei.

»Klar doch«, sagte ich. »Ich glaube.«

»Gut«, sagte Oma und schenkte mir 50 Kronen.

»Ich glaube an den Werwolf, den Storch und die Schlümpfe«, fuhr ich fort und bedankte mich für das Geld.

Arne wurde neidisch und sagte, dass er superchristlich und außerdem Halbgottian sei. Arne bekam 2 Kronen.

Gedicht des Tages:
Ich esse,
also bin ich.
Wenn ich meinen Bauch messe,
bin ich fürchterlich.

PS. Oma hat sich den Fuß verzerrt und geht wie eine Ente. Ich hab »Quak« zu ihr gesagt. Jetzt kann sie mich wahrscheinlich nicht mehr leiden.

Der körperliche Untermieter

Es geschehen noch Zeichen und Wunder. Für die Wunder kann ich mich bei Oma bedanken. Jawoll! Vielen Dank, Oma Frau Svea Olsson. Der Grund für meinen Dank: Björna wird wieder gesund. Ehrlich wahr! Die Krankenhausbehandlung hat voll hingehauen. Alle danken der Wissenschaft und dem Schicksal. Ich danke Oma. Meiner irrsinnig frommen Oma, die mich mit Jesus und Gott und dem ganzen Zeug indoktriniert hat. Sonntagsschule, Kinderkirche, Weihnachtsfeier der Heilsarmee, christliche Pfadfinder und so weiter und so fort.
In der Zeit, als es Björna ganz besonders mies ging, hab ich

es getan. Ich hab im Bett gesessen und bei dem Gedanken an Björnas Krankheit fast geheult. Richtig geheult hab ich natürlich nicht. O nein! Aber weil ich echt total down war, hab ich es getan. Ich hab zu Gott gebetet. Mein Gebet an Gott:
»Lieber Gott! Mach, dass mein Kumpel Björna von seinem Krebs geheilt wird.«
Dann hab ich noch ein wenig Erpressung nachgeschoben:
»Wenn er nicht gesund wird, spende ich niemals was für schwarze Kinder. Ich geh nie mehr in die Kirche und hör nur noch Black Metal und sag zu allen, die älter sind als 18, ›Fuck you‹.«
Nach dem Gebet war mir irgendwie schwindlig. Ich hatte das komische Gefühl, als wär ich nicht mehr allein in meinem Körper. Es war fast so, als wär irgendein Kumpel zu einer Tasse Kaffee in meine linke Herzkammer geschlüpft. Ich bekam fast eine Panik. Gott befand sich innerhalb meines Skeletts. Es war total unheimlich, aber trotzdem irgendwie okay.
Also bedanke ich mich bei Oma, die mich so viele Jahre mit der Furcht des Herrn gepiesackt hat.

Björna ist jetzt bald gesund. Das ist wahr. Er hat es gestern am Telefon erzählt.
Hallelulija, hallelullilullila, hurra.
Papa und ich haben Lotto gespielt, mit sieben bombensicheren Zahlen. 30, 31, 32, 33, 34, 35 und 36.

Gedicht des Tages:
O Gott.
Früher war ich klein,
in die Windel kam nur Kacke rein.
Jetzt bin ich groß,
hab 'nen Penis in der Hos'.

PS. Möchte zu gern wissen, was mit mir passieren würde, wenn ich nur einen einzigen Tag aufhören würde, an Weiber zu denken. Ich glaube, das werd ich morgen mal ausprobieren.

Eine Notiz

Heute hatte ich mir vorgenommen, nicht mehr an Weiber zu denken. Sieben Minuten lang hat es geklappt. Dann hörte ich Anki Jönsson durchs Treppenhaus trippeln und bekam sofort einen Steifen.

Gedicht des Tages:
Denk ich an ein Weib,
erwacht sofort mein Leib.
Ist mein Kopf von Weibern leer,
fallen sie hinterher
umso mehr
über mich her.

PS. Als ich klein war, hab ich mal einen Mann gesehen, der ist Rollschuhe gefahren. Er lachte. Daran kann ich mich erinnern. Dann fiel er hin und schlug sich die Knie auf. Da hat er nicht mehr gelacht. Daran kann ich mich auch erinnern. Ich hab ein einmalig gutes Gedächtnis.

Eine wichtige Notiz im Protokoll der Zeit

Hiermit werde ich alles Wichtige in meinem Leben niederschreiben. Das Wichtige in meinem Leben ist...
Ich glaub, ich schreib lieber über allen Blödsinn in meinem Leben.
Gestern waren Erik und Arne hier. Wir wollten unsere Weihnachtsgeschenke austauschen und im Übungsraum im Keller neue Weihnachtslieder singen. Arne hatte einen Kassettenrekorder mitgebracht und damit machten wir unsere erste Live-Aufnahme. Die werden wir kopieren und allen Feinden und Leuten, die wir nicht leiden können, zu Weihnachten schenken. Dann müssen sie uns zuhören und kriegen einen Hörfehler. He he he.
Der erste weihnachtlich gestimmte Song, den wir einspielten, stammte von Arne. Er hieß: »Ist der Weihnachtsmann in Wirklichkeit eine Frau?« und handelte von einer Lady mit hartnäckigen Bartwuchsproblemen.

Arne sang mit großer Hingabe, worauf der olle Björkman in den Keller kam und ihm ein Pfund Fettwolle in den Mund stopfte. Da übernahm ich den Lead-Song und sang eine eigene Komposition: »Mein Pullermännchen ist so einsam.« Das Lied handelt von meinem allereinsamsten Körperteil, der sich jetzt in der Weihnachtszeit auch danach sehnt, jemandem ein Weihnachtsgeschenk zu machen.
Da tauchte der olle Björkman schon wieder auf. Er wollte wissen, wo hier ein Schwein abgestochen würde.
Wir klärten ihn darüber auf, dass er sich in der Adresse geirrt habe, dann bedauerten wir ihn, weil sein Musikohr offensichtlich an einer Mangelerkrankung leidet. Anschließend widmeten wir ihm einen Song mit dem Titel »Lass dich einsargen!«.
Dann wollten wir unsere Weihnachtsgeschenke austauschen. Wenigstens glaubten ich und Arne das. Aber Erik bereute es, als er sein Geschenk auf den Geschenkeberg legen sollte. Er sagte, er hätte sich so an das glänzende Weihnachtspapier seines Geschenks gewöhnt und jetzt falle es ihm sehr schwer, sich davon zu trennen. Wir überredeten Erik, sein Geschenk trotzdem auf den Haufen zu tun, indem wir ihm längere Zeit intensiv die Backe tätschelten.
Dann kam der spannende Augenblick. Jeder von uns öffnete ein Geschenk. Ich nahm das von Erik, Erik nahm das von Arne, und Arne nahm meines. Alle öffneten ihre Geschenke gleichzeitig und drückten ihre Dankbarkeit auf die gleiche Art aus:
»Hilfe, so 'n Scheiß!!!«

Ich bekam ein *Brut-Deodorant for Sport-active men*, also ein Duft-unter-den Armen, der verhindert, dass ich männlich nach Mann rieche.
Arne bekam ein Überlebensbuch, in dem steht, wie man überlebt, wenn man am Südpol gestrandet ist.
Erik wollte zuerst nicht verraten, was Arne ihm geschenkt hatte. Er war am ganzen Leib blass wie der Tod und der Schweiß perlte ihm von den Haarwurzeln.
»Los, zeig's her, du Furzkopp«, sagte ich mit psychologischem Feingefühl.
Mit zitternden Händen hielt Erik sein Weihnachtsgeschenk hoch. In null Sekunden bot ich ihm an, mit mir zu tauschen. Das wollte er aber nicht, dieser kleine Lustmolch.
Das Geschenk bestand aus einem Jahresabonnement für eine Pornozeitschrift mit vielen Bildern. Und dabei wollte ich dem kleinen Geili nur helfen, damit er seine schwachen Äuglein nicht mit dem Anglotzen von diesem Schund überanstrengte. Ich beteuerte, dass ich selbst die Zeitschrift natürlich nur katalogisieren und sie nie hervorholen und privat studieren würde. O nein und nochmals nein!
Der geile Lüstling beschloss, die Zeitschrift für den eigenen Gebrauch zu behalten. Da erklärte ich, ich hätte Migräne, und bat meine Gäste sich zu verdünnisieren.

Wenn dieses Tagebuch zu Ende ist, weiß ich nicht, ob ich jemals wieder Tagebuch schreiben werde. Es macht keinen Spaß mehr, seit ich keine Liebe mehr habe, über die ich schreiben kann. Niemand liebt mich. Nicht einmal, wenn ich mich in ein unsichtbares Gas verwandeln würde. Denn dann würd ich garantiert stinken wie eine Abortröhre. Und alle hübschen Heliumgase würden sich um ihr Leben verflüchtigen.

Gestern hab ich eine alte Liebe wieder getroffen, Nadja Nilsson. Sie geht immer noch mit diesem Fatzke Adelsmann. Nadja hätte einen besseren Typ verdient. Ehrlich gesagt ist sie sehr hübsch geworden.
Außerdem ist sie total nett. Sie hat mich gelobt, weil ich zur Zeit so wenig Pickel hab. Das stimmt zwar nicht, ist aber lieb gemeint.

Gedicht des Tages:
Die Rose welkt nicht.
Sie trocknet und bleibt schön.
Aber wenn man die Rose anfasst,
zerfällt sie.

Ein veränderter Mann

Bin ein veränderter Mann. Ich seh nicht mehr so aus wie bisher. Ich seh völlig wahnsinnig aus.
Heute Nachmittag hat Mama mich mit Gewalt zum Frisör geschickt. Sie behauptete, ich hätte Haare wie ein Mädchen, und wenn ich nicht endlich zum Frisör ginge, würde sie mich zwingen, mit einer Schleife oder mit Zöpfen rumzulaufen. Also machte ich mich auf die Socken und

zockelte eine Weile vorm Frisör hin und her. Zuerst musste ich mich vergewissern, dass sich kein schadenfroher Beobachter in der Nähe herumtrieb. Aber alles wirkte ruhig. Dann guckte ich zum Schaufenster rein, weil ich checken wollte, ob einer der Kunden eine anständige Frisur hatte. Ein Typ war frisch geschoren. Er sah nicht froh aus. Aha, dieser Frisör taugte nichts! Ich atmete auf. Dann brauchte ich mir nicht die Haare schneiden zu lassen.

Im selben Augenblick kam eine Tussi aus dem Nebenzimmer. Sie war ungefähr 26 und bildschön wie ein Fotomodell. Ich bekam auf der Stelle einen Supersteifen und ging ohne zu zögern hinein. Von einer so hübschen Puppe wollte ich mir gern die Haare behandeln lassen. Ich würde von ihr träumen, während sie mir langsam meine hochempfindlichen Nackenhaare streichelte. Mir liefen kalte Schauer über den Rücken und mein Supersteifer wuchs um drei Zentimeter. Meine Hose schien in der Wäsche eingegangen zu sein.

Die Schönheitskönigin begrüßte mich vorne an der Kasse. Ich begann zu sabbern, während ich sie anstarrte. Irgendwo in weiter Ferne fragte sie mich, ob ich mir die Haare schneiden lassen wollte. Ich glaube, dass ich eifrig nickte. Dann glaube ich, dass sie mich fragte, ob ich etwas Spezielles wünsche. Wahrscheinlich nickte ich noch eifriger. Meine Hose platzte fast, als ich mir vorstellte, was dieses »Spezielle« sein konnte. Vielleicht ein Nackthaarschnitt im Einzelzimmer, allein mit dieser Puppe.

Plötzlich löste der Traum sich in Asche auf. Die Hübsche begann einem anderen Kunden die Haare zu schneiden,

und zu mir kam eine hässliche Kröte, die mich brutal und hinterhältig behandelte. Ich wollte wieder gehen, das ging aber nicht. Ich hatte nämlich einen Helm auf dem Kopf, einen Helm, der mir alle Gedanken aus dem Gehirn saugen sollte. Die Kröte wollte mich einer Gehirnwäsche unterziehen!!

Nein, natürlich nicht. Sie machte mir eine Dauerwelle. Als die Hübsche gefragt hatte, ob ich was Spezielles wünsche, hatte ich »ja« gesagt. Und das Spezielle war eine Dauerwelle. Ich musste fast eine Stunde lang mit dem Helm auf dem Kopf dasitzen. Als die hinterlistige Kröte mir brutal den Helm abnahm, hatte ich krause Haare. Ich schrie vor Angst. Da sagte die Kröte, dass sie die Krause noch bearbeiten wolle. Die Behandlung sei noch nicht fertig.

»Ja, schlimmer kann's wohl kaum werden«, brummte ich.

Aber das konnte es. Als die Kröte ihr brutales Werk beendet hatte, sah ich aus, als hätte mich jemand mit der Zeitmaschine aus den siebziger Jahren geholt. Ich sah einfach total durchgeknallt aus!!!

Widerwillig bezahlte ich für mein grässliches Aussehen und zeigte der Kröte und ihrer verflixten Helfershelferin meinen sauersten Flunsch.

Als ich durch die Stadt ging, lachten alle hinter mir her und zeigten mit dem Finger auf mich. Wenigstens bildete ich mir das ein.

Zu Hause stellte ich mich im Klo vor den Spiegel und musterte mich zwei Stunden lang. Dann fand ich, dass die neue Frisur mich beinahe kleidete. Ich hatte fast vergessen, wie

ich vorher ausgesehen hatte. Die Freude kehrte in meinen Körper zurück.
Da kam Papa nach Hause. Ich hab ihn noch nie so lange lachen hören. Ich glaubte, dass sein Gelächter nie mehr aufhören würde. Als es das schließlich doch tat, erklärte er, dass ich wie eine der Tanten in seinem Laden aussähe. Und dann lachte er eine weitere halbe Stunde. Ich sagte ihm, ich sei mit meiner Frisur ehrlich gesagt zufrieden. Da hörte Papa auf zu lachen und gab mir einen freundlichen Klaps auf die Backe. Dann ging er in sein Zimmer und lachte weiter.
Als Mama heimkam, fragte sie, was ich jetzt schon wieder für einen Blödsinn angestellt hätte. Ich erklärte, ich hätte jetzt eine gepflegte Frisur. Mama sagte, das hätte ich überhaupt nicht. Ich sähe total durchgeknallt aus, sagte sie ärgerlich. Danach hat sie mir einen Stoppelhaarschnitt verpasst. Jetzt sehe ich aus wie ein Igel. Ziemlich cool, wenn ich ehrlich sein soll.
Jetzt muss ich mit dem Schreiben aufhören, weil ich zu Arne gehen und ihm einen wirklich guten Frisör empfehlen will.

Gedicht des Tages:
Meine Haare sind ganz kurz,
fast wär mir das furz und schnurz.
Aber nächstes Jahr
hab ich langes Haar.
Gutes neues Haar!

PS. Zur Zeit bin ich in niemand verliebt. Das ist gut. Dann kann ich mein Leben besseren Dingen widmen. Aber erst muss mir was Besseres einfallen.

Heiligabend der Seele

Heute ist Heiligabend und bald ist Frühling.
Von meinen alten Herrschaften hab ich lauter unnützes Zeug gekriegt. Das werd ich alles zurückgeben und mir das Geld dafür auszahlen lassen. Das Geld schenk ich dann Leuten, die es besser brauchen können als ich.
Wunderst du dich, dass ich so lieb bin, Tagebuch?
Hab einen Anruf gekriegt. Und zwar nicht irgendeinen Anruf. Der Anruf kam von meiner ehemaligen Freundin Nadja Nilsson. Sie war hübsch. Das hab ich ihrer Stimme angehört.
»Hallo«, sagte sie. »Was machst du gerade?«
»Ich esse Schinken, damit sich mein Körper in einen einzigen großen Hintern verwandelt«, scherzte ich.
Nadja lachte lange, und sie lachte nicht aus Höflichkeit. Nein, sie lachte, weil sie es wollte.
Ich fragte, warum sie angerufen habe.
»Störe ich vielleicht?«, fragte sie verlegen.
»O nein, nein, nein, nein, nein«, meinte ich. »Ich wollt's bloß wissen. Ist ja immerhin ein paar Jährchen her, seit wir miteinander telefoniert haben.«

Sie erinnerte mich daran, wie ich sie zum ersten Mal angerufen hatte. Damals hätte ich behauptet, dass ich Arne heiße und nicht Bert, weil ich mich für meinen Namen geschämt hätte. Ich widersprach und sagte, sie erinnere sich falsch. Als ich sie zum ersten Mal angerufen hätte, sei ich meiner Sache sicher gewesen und hätte gesagt:
»Willst du deine Zeit mit mir teilen? Ich bin sehr in dich verliebt.«
Und wieder lachte Nadja ein echtes Lachen. Sie sagte, ich müsste Komiker werden, wenn ich mal groß bin.
»Ich bin jetzt schon groß«, sagte ich cool.
»Welcher Teil von dir ist denn groß?«, fragte Nadja lachend.
Ich versuchte mir vorzustellen, über welchen Körperteil sie mehr erfahren wollte.
»Was denn?«, sagte ich so lässig wie möglich. »Was meinste damit?«
»Also, bist du selbst groß oder nur dein Pimmel?«, fragte sie kichernd.
Mein Blut kochte Eier und ich glaubte zu hören, wie es mir dampfend aus den Adern zischte. Nadja sprach von meinem Pimmel. Vielleicht wollte sie... oder...!
»Und wie geht's deinem Typ?«, fragte ich und machte die Stimmung kaputt.
»Ach, der«, sagte sie und seufzte. »Der denkt ja immer nur an eines.«
»An was denn?«, fragte ich. »An Fasane?«
»Nö, ans Bumsen.«
Mein Gehirn wurde zu Mus. Nadja rief mich an Weih-

PROS
TAGE
BUCH

nachten an und unterhielt sich über Dinge, die ich nicht mal mit Arne besprechen konnte. Was sollte ich tun?
Ich konnte ja nicht gut sagen, dass ich ebenfalls an nichts anderes denke. Ich konnte ja nicht gut sagen, dass meine sexuelle Premiere wichtiger ist als alle Kriege der Welt. Ich konnte ja nicht gut sagen, dass ich manchmal so wild auf meine sexuelle Premiere bin, dass ich Omas Freundinnen ansabbere. Nichts von alledem konnte ich sagen.
»Nein, so was!«, sagte ich. »Das soll man doch erst dann tun, wenn man sich innerlich dafür reif fühlt«, sagte ich weise und erkannte meine eigenen Worte nicht.
»Genau«, sagte Nadja. »Du bist ganz schön reif für dein Alter, Bert«, sagte Nadja und zwinkerte mir wahrscheinlich am anderen Ende der Leitung mit dem einen Auge zu.
»Ja, ich bin älter geworden«, antwortete ich wahrheitsgemäß. »Bin heute älter als gestern.«
Nadja lachte noch einmal.
Wir wünschten einander »frohe Weihnachten« und »gutes neues Jahr«, und dann schlug Nadja vor, dass wir uns doch irgendwann mal treffen könnten.
»Klar«, sagte ich. »Bring deinen Typ mit und komm her.«

Meine Stimme klang nicht überzeugend. Ich wollte überhaupt nicht, dass sie ihren Typ zu mir mitbringen sollte.
»Nein, den lass ich daheim, wenn ich dich besuchen komme«, sagte Nadja und zwinkerte mir bestimmt am anderen Ende der Leitung mit dem zweiten Auge zu.
Die Telefonleitung fing an, vor Sehnsucht meinerseits zu brennen.

Ich will Nadja unbedingt treffen. Aber wie werd ich ihren Typ los? Das Problem muss ich im neuen Jahr lösen.

Jetzt geh ich zu meinem Herrscherpaar in die Küche und futter noch ein bisschen Weihnachtsschinken, während ich an ein gewisses Mädchen denke, das inzwischen umwerfend hübsch geworden ist.
Nein, Tagebuch. Damit meine ich weder Paulina noch Ida, Emilia, Gabriella, Louise, Bella, Anki Jönsson oder sonst wen. Ich meine Nadja.
Nadja ist bestimmt der schönste Name, den es gibt. Das hab ich vor vier Jahren gefunden und das finde ich jetzt auch... glaube ich.

Bald bist du dahingeschieden, Tagebuch. Dann landest du in der Schublade, wo alle alten Tagebücher vor sich hinmodern. Dort werden sie liegen bleiben, bis mein Urenkel Birk sie findet. Er wird seinen Kindern vorlesen, was für ein schweres, sorgenvolles Leben sein Urgroßvater hatte. Und dann wird er ihnen vorlesen, wie verliebt sein Urgroßvater in ein gewisses geheimes Mädchen war, das einen romantischen geheimen Namen hatte. Der Name fing mit Na an und hörte mit dja auf.
Weihnachten ist mir nicht so wichtig. Es gibt andere Dinge im Leben, die sind wichtiger. Ich weiß nicht einmal, ob ich ein neues Tagebuch schreiben will, nachdem du zu Grabe getragen worden bist. Vielleicht, vielleicht nicht. Wie ich mich selbst kenne, fange ich gleich morgen ein neues an.

Gedicht an Heiligabend:
Die Wärme kehrt wieder,
der Frühling naht.
Bald singen wir Lieder,
der Frühling naht.
Die Liebe kehrt wieder,
das Eis bricht auf.
Die Trauer sinkt nieder,
das Eis bricht auf.
Björnas Gesundheit kehrt wieder,
das Leben naht.
Arne duftet nach Flieder.
Der Frühling naht.

PS. Oma hat mir schön verpackte Kondome zu Weihnachten geschenkt. Was sie damit wohl meint?
Bin doch keiner von denen, die immer nur an das Eine denken.